KB149470

변화의 첫걸음은 선택이다

변화의 첫걸음은 선택이다

초판인쇄	2021년 6월 21일
초판발행	2021년 6월 25일
지은이	조수란
발행인	조현수
펴낸곳	도서출판 프로방스
기획	조용재
마케팅	최관호 백소영
편집	김현숙
디자인	토닥
주소	경기도 고양시 일산동구 백석2동 1301-2 넥스빌오피스텔 704호
전화	031-925-5366~7
팩스	031-925-5368
이메일	provence70@naver.com
등록번호	제2016-000126호
등록	2016년 06월 23일

정가 15,800원
ISBN 979-11-6480-141-1 03810

변화의
첫걸음은
선택이다

조수란 지음

P. 프로방스

저는 조선족 엄마입니다

저는 조선족 엄마입니다. 한국에 온 지도 벌써 5
년이 지났습니다. 남편이 먼저 한국에 와서 자리를 잡은 뒤, 아장아
장 걸어 다니는 작은 아이와 초등학교에 다니는 큰애를 차마 두고
올 수가 없었습니다. 그래서 용기를 내어 두 아이와 함께 집을 떠났
습니다. 처음에 힘들었지만, 한 가족이 옹기종기 함께 모여 사는 것
이, 튼튼한 울타리가 되었고 기둥이 되었습니다.

낯선 한국 생활에 아이들이 잘 적응해 나갈 수 있을지 걱정이 앞
섰고, 낯가림이 심한 작은 아이를 생각하니 두려움이 앞섰습니다.
하지만 어느덧 이곳에 정이 들어 앞으로도 계속 살기로 했습니다.
인생은 선택의 연속이라는 말이 있는 것처럼 말입니다.

제가 사는 고향은 중국 길림성 연변입니다. 조선족은 중국의 56
개 민족 가운데 한 민족으로 꼽히고 있습니다. 주요 분포 지역으로

는 길림성, 흑룡강성, 료녕성으로 되어있는데, 동북 3성이라고도 합니다. 제가 사는 연변은 길림성에 속하고, 6개 시와 2개의 현으로 나뉘어 있습니다. 길림성에서의 '성'은 한국에서 말하는 '군'과 같습니다. 연변에 살고 있는 총인구가 약 이백만 명이 넘으며, 그중에 조선족 인구 비율은 40% 정도를 차지합니다.

조선족을 중국에서는 소수민족이라 불리고, 한국에서는 한국계 중국인이라고 합니다.

옛 조상의 뿌리를 이어서 어릴 때부터 된장국에 김치찌개를 먹어왔고 지금도 좋아합니다. 오늘 우리 집 밥상 위에, 된장과 김치가 최고의 궁합이 되어, 맛과 건강을 자랑하는 건강 밥상이 차려졌습니다. 내가 사는 연변에는 일송정이 있고, 윤동주 시인이 다녔던 용정중학교가 있습니다. 그리고 윤동주 시인과 그의 할아버지 윤하현 선생님의 생가가 있는가 하면, 눈물 젖은 두만강을 사이에 두고 북한과 가까이 마주하고 있습니다.

한국에 살면서 한국의 의료보험이 우리 가족의 건강을 든든하게 지켜주었고, 배움과 희망으로 가득 찬, 교육의 따뜻한 관심과 보살핌으로, 우리 아이들이 사랑을 먹고 쑥쑥 잘 자랐습니다. 덕분에 우리 부부는 맞벌이를 하면서 어려움 속에서도 항상 감사한 마음으로 잘 견뎌왔습니다.

　그러던 어느 날, 조선족 엄마로서의 나를 되돌아보게 되었습니다. 완벽하지 않아도 최선을 다하는 엄마, 부족하지만 배우려고 노력하는 엄마가 되고 싶었습니다. 많은 사람이 능력 있고 부자이지만, 나도 따라 부자가 되기 위해 쫓아가는 삶이 아닌, 남을 부러워하면서 비교하는 삶이 아닌, 그냥 나로서 나답게 살고 싶었습니다. 아주 평범하며 별 볼 일 없지만, 마음만 먹으면 '할 수 있다.'라는 자신감을 가지고 도전하고 싶었던 것 같았습니다. 두 아이의 엄마이자 한 남자의 아내로서, 괜찮은 며느리로서의 균형을 찾아가는 과정에서, 나와 마주하고 다시 돌아보게 되었습니다.

　저는 이 책에 그동안 겪었던 소소한 것들과 힘들어도 배움과 희망의 끈을 놓지 않고 견뎌온 조그마한 경험을 담았습니다. 어려운 삶을 힘들어 방황하며, 자신만의 길을 잃고 헤매는, 나와 비슷한 사람들에게 전하고 싶은 말이 있습니다.

　우리 모두 할 수 있습니다. 힘내세요. 여러분은 지금 이대로 충분히 아름답고 멋집니다. 가끔 힘든 일이 있으면 쉬어가면서 진정한 나를 찾아, 아름답고 멋진 여행을 떠나보세요. 당신은 세상에서 가장 유일하고 소중한 사람입니다.

2021년

저자 조수란

우리에겐 아직 희망이 살아있다

어느덧 내 나이 마흔에 들어섰다. 그동안 사는 이유를 몰랐고 왜 살아야 하는지를 잊은 채, 아이 둘을 키우면서 남들이 버는 돈을 벌고, 남들이 다니는 직장도 다녔다. 내 시간을 허락해 돈과 바꿔 집안 살림에 보탬을 주고, 좋은 엄마가 되기 위해 애를 쓰며 살아왔다. 정작 모아놓은 돈은 없고, 건강은 나빠지고, 얼굴엔 지난 세월 속에 살아온 고통의 흔적들만 남아있다.

하루하루를 견디면서 월급날을 기다리고, 엄마와 외할머니 때의 가난한 시대보다, 이 시대에 태어난 것을 행운이고 다행이라 여기면서, 그동안 탈 없이 잘 먹고 잘 자라온 아이들에게도 고마웠다.

큰아이가 사춘기에 접어들면서부터, 두 번째 사춘기에 들어선 나는 점점 무기력해지고 우울해지기 시작하면서 삶의 방향을 잃어가는 것 같았다.

집이나 회사에서 할 일은 많은데, 매일 반복되는 삶이 싫어졌고, 앞으로 계속 이대로 살다가 인생이 끝난다고 생각하니, 허무하고 힘들게만 느껴졌다. 그러자 마음 한구석에서 서러운 감정들이 마구 펌프질하여 올라와 눈물이 앞을 가렸다.

사람들은 저마다 활기찬 하루를, 자신만의 이야기로 만들어가면서 삶을 이어나간다. 하지만 내게 남은 것들은 공허함과 후회뿐이다. 인생에 대한 나의 존재감과 나답게 사는 용기가 필요했던 것 같다. 주위에 두 귀를 살며시 닫고, 온 정신을 집중하여, 가슴에 손을 얹고 오랜만에 마음의 소리에 귀를 기울여보았다.

그동안 정신없이 바쁘게 살다 보니, 어릴 때부터 간직해온 꿈과 원하는 것을, 오랜 세월 속에 그리고 기억 속에 파묻히고 말았다. 인생의 절반쯤 살아온 지금, 내가 한 번뿐인 인생을 후회하지 않게 살려면, 무엇부터 준비해야 할지, 화려하진 않더라도 내가 삶의 주인으로 살려면, 어디서부터 시작해야 할지 망설여지는 순간이었다.

무엇이라도 배워 투자하거나 자격증을 딴다는 것은 돈과 시간이 허락되어야 했고, 회사에 다니면서 꾸준히 버텨야 한다는 것 자체가 자신감이 없어져, 금방 타오르다 꺼지는 촛불처럼, 열정도 함께 식어가는 것만 같았다.

긴 방황을 하고 있을 때 우연히 찾은, 인생의 한 줄기 빛을 발하는 책들이 윙크하며, 길고 가느다랗게 휘파람을 날려 보내왔다. 아름다움으로 반짝이며 빛나는 문장과 지혜의 명언과 이야기들이, 어지럽게 엉켜진 내 마음을 되는대로 휘저어 놓았다.

그동안 무지 속에서 허덕이며 살아가는 내 생각이, 차가운 서리를 만난 것처럼 영혼이 시려왔다. 책 속의 작가님들이 잘 다듬어 놓은 경험과 소중한 삶을 들여다보는 순간 아, 그래 이거였구나. 내 마음의 생각을 대신해 주고 보여주면서 보듬어주는 것 같았다.

책 속의 새겨진 글자 하나하나가 그냥 종이 위의 써놓은 글자가 아니었다. 그동안 무심하게 살아온 내 인생의 밋밋한 일상 속에는 소중함과 아름다움으로 가득한 세상임을 깨우쳐주었고, 그 글들이 내 마음속 깊은 곳의 살아 움직이는 심장에 들어와, 나의 온 세계를 마구 흔들어놓았다.

아직도 부족함이 많고 보잘것없는 '나'이지만, 그동안 직장 다니랴, 애들 키우랴, 집안 살림을 도맡아 하는 힘든 삶을 살아가는, 나와 비슷한 엄마들의 일상에서도 가끔 자신을 돌아보고, 잃어버린 '나'의 존재를 되찾길 바라는 마음에서 이 글을 올린다.

이 세상의 모든 엄마는 위대하다. 매일 가정이라는 울타리에서,

많은 역할과 배역을 맡으면서, 자신을 내어놓고 내려놓기를 반복한다. 이제는 고달프게 살아가는 엄마들에게도 나답게 사는 용기가 필요하다. 내가 좋아하는 일을 하면서 원하는 것을 이루어, 행복한 숨을 쉬며 살아가는, 나만의 공간과 세계가 필요하듯 싶다.

그것을 만들어가고 완성하는 삶을 살아가는 것은 전적으로 나 자신의 몫이 아닐까 생각한다. 우리에겐 아직 희망이 살아있다!

Part **01**

대한민국에서 조선족으로 살아간다는 것

Part 02

자신을 사랑하는 사람이 가장 위대한 사람이다

Part 03

영원한 내편, 가족

Part 04

인생이라는 무대의 주인공

Part 05

바로 오늘 행복하기

Part 01

대한민국에서 조선족으로
살아간다는 것

조선족이라는 말에 담긴 의미

조선족은 1949년 중화인민공화국이 창립되면서, 한족을 제외한 55개 소수민족 중 하나로 인정을 받게 된다. 1952년 9월 3일에 연변 조선족 자치구가 성립되는 과정에서 조선족이라는 호칭을 받게 되었다.

'중국 정부가 1921년부터 1982년까지 혁명전쟁과 사회주의 건설 과정에서 희생된 열사로 인정한 사람이 길림성에서만 3만 6천여 명인데, 이 가운데 1만 4천여 명은 조선족이 차지한다고 하였다. 연변의 경우 전체 열사의 93.8%가 조선족이다.

연변조선족자치주가 중국의 배려 때문이 아니라, 한민족의 피와

땀으로 일군 것이라고 조선족들이 당당히 말할 수 있는 것도 이런
역사 때문이라고 한다.'

-한국컴퓨터 선교회(네이버)-

조선족 역시도 전쟁과 분단의 아픈 역사를 지닌 피해자이다. 오래전 우리 민족이 분열되어 뿔뿔이 흩어져 살았지만, 150년이 지난 오늘까지도 조선족만의 언어와 역사와 문화와 습관을 버리지 않았고, 정체성 또한 잊지 않고 있다.

한국에서 조선족에 대한 안 좋은 시선과 편견이 생긴 원인은, 뉴스에서 나오는 사건 사고에서부터 시작된 것 같다. 뉴스를 보면 보이스 피싱, 장기매매, 폭력, 살인 등 여러 가지 사건들이 마음을 불안하게 하면서, 그 앞에 조선족이라는 명칭이 붙어있다. 이러한 범죄의 사건이 무여서 조선족에 대한 이미지가 손상되었고, 그로 인해 차가운 시선이나 편견이 마음을 괴롭히기도 했다.

2016년 경찰청 범죄통계 자료를 보면, 외국인 범죄율은 한국인 범죄율에 비해 그 수치가 현저히 낮다고 하였다. 뉴스에서는 외국인 범죄를 국적별로 나누었을 때도, 중국은 그리 높지 않았다고 하였다. 러시아, 몽골의 범죄율이 가장 높았고, 중국의 범죄율은 러시아와 몽골의 절반에도 못 미친다고 하였다. 이처럼 조선족은 한국

인보다 범죄율이 낮고, 외국인만을 두고 비교했을 때도 조선족은 높은 편이 아니라고 하였다.

조선족에 대한 안 좋은 시선과 편견을 가진 많은 사람은, 조선족이 어디가 나쁘고 왜 미워해야 하는지에 대해 설명을 못 했고, 왜 편견을 갖게 되었는지 이유를 모르는 사람이 많았다고 하였다. 사회나 매체를 통해, 아니면 남들이 하는 말을 듣고, 나도 같이 미워하고 다르게 보는 시선에 끌려가고, 남의 말에 흔들렸을 가능성이 크다고 한다. 나만의 중심이 확고하여, 조선족에 대한 편견을 떠나서, 객관적 관점에서 바라본다면, 전체 조선족을 안 좋게 생각하는 마음에서 벗어나지 않을까하는 생각을 한다.

이 세상 어딜 가나 도적이 있으면 경찰이 있기 마련이고, 빛이 있기에 어둠이 존재하는 것처럼 범죄를 저지른 사람이 있는가 하면, 그렇지 않고 열심히 살아가는 사람 또한 있기 마련이다. 하지만 조선족이라는 이유로 그런 시선과 편견이라는 마음의 짐을 짊어지고 가야했다.

사람이 할 수 있는 가장 아름다운 것은 용서하는 것이다.

-엘리잘 벤 주다-

같은 형제가 범죄를 저질렀다고, 끊임없는 비난 속에서 추방하거나 버리지 않는다. 그처럼 죄에 대한 대가는 당연히 치르고, 한 번뿐인 인생을 다시 일어날 수 있도록 함께 견뎌내고 이겨내야 한다. 범죄를 저질렀다고 조선족끼리 야단치고 서로 비난하는 것이 아닌, 다음엔 인간답게 살기 위한 용서와 묵묵히 함께 짊어지고 가야 할, 시선과 편견을 견뎌내는 것이었다. 용서는 아름다운 것이다. 용서가 한 사람을 살게 하고 눈물을 흘리게 한다. 다른 사람을 용서하는 것도 나를 사랑함에서 나오는 태도와 행위에서 시작된다고 하였다.

조선족에 대한 여러 가지 사건으로 인해, 스스로 자신을 조선족이라는 틀에 가둬놓으면서 움츠러들고 싶지 않았다. 내겐 그보다도 조선족인 나와 내 가족이 삶의 전부였으므로.

인생은 문제 해결의 연속이라 하였던가? 때로는 내가 저지른 문제가 아니더라도, 나와 관련된 문제를 안고 살아가면서 경험하고 배워가는 것이, 삶과 인생이 아닐까 고민하기도 하였다.

처음에 한국에 막 와서는, 어린이집과 초등학교에 다니는 아이들이, 하루 일과를 마치고 집에 돌아오면, 항상 표정부터 살피곤 하였다. 조선족 말투에 친구들이 왕따 하거나 놀리지는 않았는지, 학교 선생님이 잘해주셨는지, 불안한 마음이 나를 마구 괴롭혔다. 아이들이 한국 생활에 잘 적응해 나가자, 쓸데없는 근심 걱정이 외부가 아닌 내면에서, 자신을 못살게 굴었던 것임을 알았다. 제일 큰 걱정부터 사라졌으니 우리 가족에겐 조금씩 희망이 보이기 시작하였고, 많은 사람의 따뜻한 손길과 관심 덕분에 아이들이 하루하루 잘 자라날 수 있게 되었다.

사람은 누구나 상처와 결핍과 단점과 부족함을 안고 살아간다. 하지만 이런 부족함을 무시하고 회피거나 도망간다고 사라지지 않는다. 나에게 생기는 문제를 두려워하는 대신, 받아들이고 직면하면서 조금씩 해결해 나갈 때, 진정으로 기쁘고 자유로워질 수 있음을 느낀다. 오랫동안 묶여있던 마음의 자유를.

조선족도 같은 부모입니다

현재의 나도 우리 어머니와 같이, 두 아이를 키우는 엄마이자 부모가 되었다. 두 아이를 뱃속에 열 달 동안 품으면서 심한 입덧으로, 고통스럽게 겪은 출산 과정을 통해 엄마의 위대함을 뼈저리게 느꼈다.

그동안 두 아이를 키우면서 어머니가 예전에 우리에게 했던 수많은 잔소리가, 자식에 대한 관심과 사랑임을 알 수 있었다. 어머니의 일생을 바쳐가면서 우리에게 쏟은 노력과 정성이 자식의 인생을 바꿔주기 위함이었음을. 자식을 위해 자신을 내려놓고 모든 것을 다 주어도 더 주고 싶은 어머니의 사랑, 주면 줄수록 커지고 아낌없이 주는 위대한 사랑 역시 어머니의 사랑이 아닐까 싶다.

하지만 나는 그동안 어머니의 기대와 달리 훌륭하고 믿음직한 딸이 되지 못했고, 오히려 부족하고 못난 딸로 여전히 살고 있다. 어릴 때부터 언니보다 건강하고 아픈 곳이 없었기에, 신체가 약한 언니가 어머니와 아버지의 관심과 사랑을 독차지한다고, 철이 없는 생각을 하면서 말이다. 그동안 두 아이를 키우면서 더 아프고 나약한 아이에게 마음이 가게 되는 것을 이제야 이해하게 되었고, 뒤늦게 깨달은 자신의 무지에 대해 속상하기만 했다.

한집에 살면서 나이 차이와 상관없이 두 아이가 서로 부딪치고 다툴 때면, 어릴 때 나와 언니가 싸우던 모습을 떠올리곤 했다. 오늘도 티격태격 말다툼을 하는 두 아이를 보면서 나는 슬며시 자리를 피했다. 오빠인 큰아이가 알아서 해결할 거라고, 기다려주기로 생각하였기 때문이다. 한참을 지나 작은 아이가 나를 찾아오더니 뜬금없이 한마디를 던졌다.

"엄마는 세상에서 오빠가 좋아? 내가 좋아?"

"응? 둘 다 좋지. 엄마의 아들과 딸이니까?"

"오빠와 나 중에서 하나만 좋아해 주면 안 돼?"

"음, 엄마한테는 손가락이 다섯 개 있어. 그런데 요리하다 실수로 손가락 두 개가 칼에 베였어. 그러면 어느 손가락이 더 아플까?"

"둘 다 아플 것 같아. 근데 그게 오빠랑 나랑 싸운 거랑 무슨 상관이야?"

"그러니까 그게 말이야. 오빠와 다윤이는 엄마의 아픈 두 개의 손가락과 똑같아. 다윤이와 오빠가 사이가 안 좋으면 엄마는 똑같이 괴로워. 그리고 똑같이 사랑한단다."

시간이 조금 지나자 누가 먼저라 할 것 없이 남매는 다시 웃으면서 떠들었다.

몇 년 전까지만 해도 아이들이 지금처럼 티격태격하면서 싸우는 모습을 볼 사이가 없었다.

그때는 모은 돈 없이 생활의 어려움 속에서도 큰 아이를 남들 따라 학원에 보냈고, 좋은 학부모가 되기 위해 열정 아닌 열정을 쏟아부으면서 애써왔다. 큰아이의 학원과 작은딸의 어린이집 비용만 해도 월 몇십만 원씩이나 들어갔다. 그때까지만 해도 우리 부부가 사교육비에 월세를 내느라 뼈 빠지도록 일했지만, 구멍 뚫린 항아리에 물을 쏟아붓는 것과 같았다.

아이들은 아이대로 지쳐갔고 어른은 어른대로 미쳐갈 지경이었다. 작은 아이는 처음으로 가는 어린이집의 낯선 환경에 힘들어하더니, 하루 종일 엄마와 오래 떨어져 있는 탓에 분리 불안 증세까지 보이기 시작하였다.

한국 엄마들처럼 아이를 누구보다 잘 키우고 싶었지만, 그건 나의 욕심이었고 아이에 대한 나의 과한 태도였다. 두 아이의 엄마로서 느낀 점은, 한국은 성공의 기준이 너무 명확했고, 항상 비교하고 집착하는 엄마의 간섭에, 아이들이 자유를 조금씩 잃어가고 숨 막혀 하는 것 같았다. 자연과 함께 하나가 되어야 할 우리 아이들이, 맘껏 뛰놀면서 환하게 웃어야 할 얼굴에서 생기를 잃어가고 있는 건 아닌가 걱정되었다.

어느 책에서는, 엄마는 조종사가 되어 아이를 고속도로에 내밀고 위험한 질주를 한다거나, 고삐를 붙잡고 어딘가를 향해 엄마가 원하는 곳으로 끌고 다니기도 한다고 하였다. 잘 노는 사람이 공부를 더 잘하고, 잘 노는 사람이 크게 성공한다고 하였던가, 지금 우리 아이들이 무엇을 생각하고 있는지, 진정으로 원하는 게 무엇인지를 한 번 더 깊이 고민하고, 날개를 꼭 잡는 대신 하늘을 날 수 있도록 활짝 펴주는 게 어떨까 싶다. 스스로 하늘을 더 높게 더 멀리 자유로이 날 수 있도록.

외국이라 하기엔 낯선 이름

처음에 아이들의 손을 잡고 부산 공항에 도착했을 때, 우릴 마중 나온 남편을 보고 조금은 어색했다. 몇 년 만에 마주친 얼굴이지만, 기쁨과 낯섦이 교차하는 순간이었다. 공항을 빠져나오면서 어딜 가나 똑같은 우리 민족의 글과 같은 글씨를 보면서 낯설지 않다는 느낌이 들었다. 말투도 그랬다. 억양이 조금 다를 뿐 의사소통이 가능하여 어려운 문제도 쉽게 해결할 수 있었다. 부산 공항도 그렇고 KTX도 그랬다. 내가 사는 고향의 교통수단과 닮았고 여러 가지로 비슷했다.

남편은 우리 셋을 데리고 삼겹살집으로 향했다. 항상 그래왔듯이 금방 두 살이 넘은 작은 아이에게 삼겹살과 함께 된장국에 밥을 먹인 다음에야 나는 노르스름하게 구워진 고기를 맛있게 집어 먹었다. 그날 남편이 있어서 든든하였고 아이들이 있어서 행복하였다. 네 식구가 함께 모이니 그동안 한쪽으로만 빠지고 기울어져 있던 기둥이 제 자리를 찾아온 것 같았다. 그리하여 온전하고 완전한 모습으로 한 가정의 울타리가 되고 한 가족으로 돌아와 있음에 감사하였다.

버스를 타고 남편이 사는 회사 근처 가까이에 오는 동안 어둠이 대지에 내려앉자 아름다운 풍경을 덮어버렸다. 그제야 고향을 떠나 한국에 와있음을 실감했다. 어둠과 함께 불안과 두려움이 슬슬 고개 드는 것 같았다. 작은 아이는 꼼지락거리더니 잠들었고, 큰아이는 그저 창밖을 내다보고 있었다. 캄캄한 밤이 우리의 앞길을 가린 것처럼, 앞으로 여기에서 살아갈 날들을 생각하니 나 역시 앞길이 캄캄해 보였다. 그렇게 우리는 익숙하지 않은 환경에 조금씩 적응하기 위해 노력하였고, 외국이라 하기엔 낯선 곳에서 살기로 하였다.

그동안 살아가면서 다행인 것은, 나뿐만 아니라 아이들이 어린이집과 학교에 가면 선생님의 말씀을 잘 알아들어서 안심되었고, 친구들과 소통할 수 있어 금방 친해질 수 있게 되어서 얼마나 감사한지 몰랐다. 벼룩시장이나 교차로와 같은 신문의 글씨가 익숙하여 나에게 어울리는 일자리도 구할 수 있었다. 그중에서 내게 가장 큰 행운이었던 것은 도서관의 책들을 마음껏 읽을 수 있게 되어서 너무 좋았고, 지금처럼 맘껏 글을 쓸 수 있음에 정말 감사하고 행복하였다.

전에 내가 다니던 회사에는 여러 나라에서 온 외국인들이 많았다. 그들은 내가 하는 익숙한 한국말에 중국 사람이라고 했더니 전부 다 이상한 눈길로 바라보았다. 어떻게 한국말을 잘하느냐는 호기심에 설명해보려고 노력했지만, 그들 역시 알아듣지 못하는 눈치였다. 문제는 소수민족이라는 말을 알아듣지 못하는 게 문제였다. 아무튼.

우리와는 소통이 잘 되는 나라, 조선족이 살기에는 가장 편하고 살기 좋은 나라를 꼽으라 하면, 지구상에서 아마도 외국이라 하기엔 낯선 이름인 한국이 아닐까 싶다. 자연재해에 흔들리는 지진이 아닌, 내 마음이 외부의 환경에 지진 나지 않으려면, 나 자신에 대한 올바른 기준과 신념을 갖고 잘 살아가고 싶다.

지금은 낯설지 않은 외국 생활에 더 익숙해지다 보니 점점 정이 들어간다. 계속 바뀌는 정책 앞에서 얼마나 더, 그리고 언제까지 있을지 확신이 없지만, 사는 동안만이라도 지금처럼 행복하게 우리 아이들과 함께 좋은 추억을 쌓아가면서 살고 싶다.

나는 대한민국이 좋다

저녁에 잠들기 전 초등학교 1학년에 입학한 지 얼마 안 되는 작은 딸이 말했다.

"엄마, 빨리 내일 아침이 왔으면 좋겠어."
"왜?"
"학교 가고 싶어서. ㅋㅋ"
"정말?"
"응, 엄마 나는 한국이 정말 좋아."

그때 어린이집에 다닐 때까지만 해도 낯가림이 심한 작은 아이는, 어디든 안가겠다고 막무가내로 떼를 쓰고 발버둥질 치는 탓에 우리 가족은 매일 아침 전쟁 아닌 전쟁을 했다. 어린이집 다닐 때 큰아이는 초등학교에 다녔고 우리 부부는 맞벌이에 나섰다.

돈 벌랴, 집안일 하랴, 애들 챙기랴 너무 힘들었다. 거기에다 작은 아이는 어린이집 가는 날 아침에는 안가겠다고 울고 오후가 되면 다시 어린이집 가겠다고 떼를 썼다. 어른은 어른대로 힘들어 지쳐있었고 아이는 아침저녁으로, 그리고 밤낮으로 바뀌는 자신의 마음을 알 수 없었기에 나름대로 헷갈려 했다. 그때는 어떤 것이 진짜인지 모르겠고, 그렇다고 알고 싶은 마음도, 여유도 없었던 것 같았다. 그저 밤낮으로 일에 매달려 몸과 마음이 만신창이가 되어있었다.

그러던 아이가 어느새 초등학교에 입학하고 나자, 지금은 또 매일 학교에 가겠다고 하면서 아침을 기다리고 있다는 게 내게는 신기한 일이 아닐 수가 없다.

여느 때와 마찬가지로 오늘도 나는 아침 일찍 일어났다. 쌔근쌔근 자고 있는 아이들이 혹시나 잠에서 깨어날까 봐 살며시 방을 나왔다. 공기를 바꾸려고 창문을 활짝 열었다. 시원한 아침 공기가 흐리터분한 내 머리를 맑게 해주었고, 자연의 싱그러운 풀 내음이 아침 선물로 코안 깊숙이 들어와 온몸을 가글해 주는 것 같았다.

오늘도 나는 주어진 하루를 선물로 감사히 받아들이면서 행복한 하루를 시작한다.

몇 년 전까지만 해도 전쟁의 시작이었던 아침이 이제 내게는 즐거운 하루의 시작이 되었고, 고달팠던 일상이 소중한 순간으로 바뀌었다. 힘들고 지쳐갈수록, 그리고 위기일수록 또렷해지는 영원한 내편 인 가족이 유일한 정신의 버팀목이 되어주었고, 내 삶의 비타민이자 희망이 되었다.

작은 아이가 유치원에서부터 초등학교에 올라오면서, 그리고 큰 아이는 초등학교에서부터 중학교에 올라오기까지 여러 선생님의 많은 관심과 따뜻한 배려 속에서 하루하루 잘 적응해나갔다. 그리고 언제나 아낌없이 칭찬해주시고 구원의 손길도 내밀어 주셨다.

아이뿐만 아니라, 우리 집에서 얼마 멀지 않은 곳에 위치한 도서관이, 그동안 무지와 어둠 속에 갇혀있던 나에게 마음의 문을 열 수 있는 기회를 주었고, 성장의 발판을 마련해 주었다. 도서관에서 열리는 강연과 여러 가지 활동들이 우울함에서 허덕이는 나에게 꿈의 씨앗을 갖게 해주었고, 삶의 용기와 희망을 안겨주었다. 도서관의 수많은 책이 우리 가족에게 스마트폰 검색에서, 독서의 사색에 빠져들게 했다.

독서를 하면 할수록 부족함에 목말라 있던 나는 뒤늦게야 인생에 관하여, 삶에 관하여, 나 자신에 대해 조금씩 알아가기 시작하였다. 그동안 무지하게 살아왔던 삶을 되돌아보면서 세상을 조금씩 다르게 바라보게 되었다. 한국은 우리 아이를 키워주었고 편협한 내 마음을 조금씩 열어주고 성장시켜주었다.

감사하는 마음은 행복으로 가는 문을 열어준다.

-존 템플턴

가난한 삶을 살면서 막노동을 하고, 보잘것없는 사람으로 태어나 못생긴 얼굴을 하면 어떠랴. 별것 아닌 일에 즐거워하고 사소한 삶을 행복하게 살아감으로써 이 순간에 숨 쉬고 건강한 육체를 가지고 있다는 것에 항상 감사할 줄 아는 마음을 가진 사람이 행복하고 자유로운 사람이 아닐까?

나는 자기 전 아이들과 함께 감사 일기를 쓰기도 하고 5분 동안 말하는 시간을 가지기도 한다. 감사함을 말할 때 감사한 일들이 더 많이 생기고 감사함을 느낄 때 풍요로움이 더 많이 느껴지기도 한다. 감사하다고 해서 좋은 일들이 넘쳐나는 건 아니지만, 감사한 마음가짐을 가질 때 불평불만이 줄어들고 감사한 마음이 생길 때 몸과 마음이 열려있는 세상을 향하는 게 아닐까 싶다.

어느 나라에 살든지 장점이 있으면 단점이 있기 마련이다. 빛이 있으면 어둠이 존재하는 것처럼 말이다. 그동안 아이들을 키우면서 한국의 좋은 점을 많이 느꼈고, 한 편으로는 항상 감사한 마음으로 배움의 끈을 놓지 않고 알찬 하루를 보내고 있다. 그 외에도 한국이 좋은 점은 수없이 많다. 예를 들면 한국은 치안이 일류 수준이라서 안심이 되었고, 업무처리 속도나 건강보험이 잘 되어있어 생활에 여러 가지로 편리함을 준다.

우리가 당연하게 생각하는 것들이 당연한 게 아님을 인정하고 받아들이면서 감사함을 잊지 않을 때, 행복이 가까이에서 손을 잡아주고 있음을 느낄 수 있다. 그러니까 내 말은 주어진 것에 만족하는 삶을 감사하게 받아들이며, 자신을 위해 성장하고 도전하는 삶과 미래를 향해 나아가는 발걸음을 멈추지 않으면서 말이다.

국제결혼의 오해

"다윤이 어머니, 학교 조사가 있어서 확인할 겸 전화 드렸습니다."

"네, 선생님, 수고 많으십니다."

"우리 다윤이가 혹시 국적이 어느 나라인지요? 혹시 한국 국적 아닌가요?"

"네, 선생님, 다윤이 중국 국적입니다."

"혹시 아빠는 한국 국적 아닌가요?"

"네, 아빠도 외국인입니다."

그동안 아이들을 학교에 보내면서 받는 수많은 질문 중의 하나이다. 비록 외국인이어서 나라에서 받는 혜택이나 지원금을 가끔 받지 못할 때가 있다. 하지만 아이들을 학교에 보내면 기꺼이 받아주시고 품어주시는 선생님들의 따뜻한 관심 덕분에 얼마나 감사한 일인지 모른다.

알고 지내는 몇몇 친한 한국 언니들도 내가 그동안 국제결혼으로 한국에 온 줄로만 알았다고 했다. 아이를 데리고 외출할 때도 국제결혼해서 왔으면 신랑하고 나이 차이가 많이 나겠다고 오해하시는 분도 계셨다.

십 년 전까지만 해도 조선족이 한국에 돈 벌러 오는 사람은 많아도, 가족이 함께 오는 경우는 드물겠다고 생각했다.

한국에 처음 와서 교육 이수를 받을 때 다문화가정이라는 이름을 기억하고 혹시나 잊을까 봐 책 뒤표지에 커다랗게 적어 놓았던 적이 있다. 왜냐하면 힘들 때나 어려운 일이 있으면 도움의 손길을 내밀 수 있다고 하였기 때문이다. 그때 여기저기에서 어려움에 부딪히게 되자 용기를 내어 다문화 센터를 찾아갔다. 친절하신 선생님들의 상담에 기쁜 나머지 나는 필요한 서류를 들고 다시 방문하였다.

서류를 꼼꼼히 챙겨 보시던 선생님께서는 내가 국제결혼으로 오신 줄 알았다고 하셨다. 다문화 센터는 국제결혼 외에는 이용이 안 된다고 했고, 외국인이 한국 사람과 결혼을 할 경우에만 참석이 가능하다고 하였다. 그때까지만 해도 분리 불안에 시달리는 작은 아이를 맡길 곳이 없었다. 낯가림이 심한 둘째를 또래의 같은 친구들과 잘 어울려 지내길 바라는 마음에서 선생님에게 간절히 부탁하여 잠시라도 맡겨보기로 하였다.

한편으로 엄마와 함께 집에 가겠다고 떼쓰는 아이를 간신히 달래고 슬며시 밖으로 나왔다. 추운 겨울, 아이가 혹시라도 불안해할까 걱정이 되어 멀리는 못 가고 밖에서 발을 동동 구르며 기다렸다. 조금 지나자 눈앞에 딸아이의 불안한 모습이 떠오르며, 내 마음이 오히려 더욱 불안해져 갔다. 초조한 마음을 뒤로하고, 할 수없이 선생님의 양해를 구하고는 창문 밖에서 교실을 향해 살며시 들여다보았다.

다문화가정의 아이들의 얼굴에는 외국인의 생김생김이 곳곳에 묻어있었다. 다양한 생김새, 다양한 문화의 아이들, 다양한 스타일의 귀여운 꽃봉오리들의 모습이 꼭 마치 알록달록한 꽃들을 한 곳에 모아놓은 것 같았다. 그래도 한국이라는 아름다운 곳에서 공부를 하는 다문화 아이들의 모습이 한 폭의 그림처럼 다가와 마음에 따뜻하게 전해지면서 얼마나 기특한지 몰랐다. 더욱 다행인 것은 다문화 가정의 부모와 아이들은, 일부 한국 사람들이 조선족을 바라보는 시선과 편견과는 다를 것이라는 생각이 들었다. 왜냐하면

조선족은 중국국적을 가진 연변사람이고 다문화 가정의 외국인은 엄연히 한국국적을 가진 또 다른 외국인이 아닌 한국시민에 가까운 사람이라는 생각과 느낌 때문이었다. 그럴 수도 있겠다는 나만의 생각이다. 쩝. 그렇게 눈길이 한 바퀴 돌면서 맨 구석으로 시선이 향했을 때…

아니나 다를까 한쪽 구석에서 조그마한 아이가 눈물범벅이 되어 우두커니 혼자 울고 있었다. 선생님은 아이들을 가르치느라 바쁘셨고, 아이들은 나름대로 장난의 세계에 빠져있었다. 그 장면을 본 내 마음은 찢어질 것만 같았다. 조금의 망설임 없이 선생님과 인사를 마치고는 작은딸의 손을 잡고 그곳을 빠져나왔다.

"다윤아, 엄마가 미안해. 다시는 우리 다윤이 혼자 두고 가지 않을게."

엄마를 보자 서러움이 북받친, 눈물범벅이 된 아이가 흐느끼며 말했다.

"엄마, 다시는 다윤이 뚜고 가지 마."

"알았어. 우리 다윤이 사랑해."

"응, 엄마. 다윤이도 엄마 따! 랑! 해!" 흑, 흑~

아직도 채 가라앉지 않은 눈물에 어깨를 들썩이며 겨우 말을 잇는 아이를 품에 꼭 끌어 안았다. 조그마한 볼에 내 얼굴을 비비고 차가운 코끝을 부딪치면서 아이의 눈을 통해 마음을 어루만져주었다. 오늘따라 내 마음이 왜 이렇게 아프고 쓰라린지. 아이에게 눈물을 보이지 않으려고 촉촉해지는 눈가를 말리기 위하여 지나가는 바람을 마주향했다. 혹시라도 추위가 내 아이에게 덮칠까봐 입고 있던 점퍼를 벗어 씌워주고 아이를 업고 터벅터벅 겨울 길을 걸었다.

입술을 움직일 때마다 생기는 하얀 입김과 함께 재미있는 이야기를 들려주려고 애썼고, 피곤에 절어 목이 쉰 소리가 사방에 흩어지고 갈라지면서 공기를 긁어댔지만 어린이동요를 귀엽게 불러주려고 최선을 다했다. 지나가면서 카페의 유리창을 통해 비춰지는 모습을 얼핏 들여다보니 내가 지금 아이에게 저 하늘의 태양처럼 빛과 사랑을 듬뿍 주려고 애쓰고 있는 표정이 고스란히 드러났다. 든든한 엄마가 항상 옆에 있으니 두려워하지 말라고. 우리는 언제나 한편이라고. 그제야 아이의 눈물이 따뜻한 온기에 안심이라도 한 듯 귀여운 일굴을 흔들리는 어깨에 살며시 파묻었다.

그동안 한국에 와서 힘든 과정을 견뎌오긴 했지만, 힘들수록 한편이 되어주고 어려울수록 더 또렷해지는 영원한 내 편인 가족, 나에겐 비타민 같은 가족이 있어서 모든 것을 꿋꿋하게 잘 견디고 이겨냈던 것 같다. 그 속에서 울고 웃고 슬프고 행복함 속에서 잘 버텨온 우리 가족, 그렇게 가끔 국제결혼의 오해 속에서도 우리는 든든한 기둥으로 오늘도 잘 살아가고 있다.

말투는 바뀔 수 없지만 마음 투는 바꿀 수 있다

담배를 오래 피우면 몸속에 니코틴이 배인 것처럼, 우리 집 식구들의 몸에 밴 억양은 조금도 달라진 게 없다. 어쩌면 우리의 말투가 지난날의 살아온 삶이자 정체성이고, 습관이자 몸에 배인 뿌리일지도 모른다. 큰아이도 마찬가지다. 평생을 사용했던 말투이니 쉽게 바꾸어 지지 않는다. 하지만 유일하게 작은 아이가 세 살 때부터 한국에서 살다 보니 한국말투에 더 익숙한 듯하다. 비록 말투를 바꾸기 쉽지 않더라도 마음 투는 바꿀 수 있다고 생각한다.

평생 쌓아온 습관이어서 물론 쉽진 않겠지만, 불평불만을 없애는 말투부터 하나씩 바꾸어 나가기 시작하니, 어른이나 아이 할 것 없이 언젠가부터 불평 바이러스가 우리의 곁에서 조금씩 사라지기 시작하였다.

"불평 없애기"라는 책에서는 불평은 우리가 살아가는 곳곳에 존재하고 때와 장소를 가리지 않고, 아무 때나 모습을 드러낸다고 하였다. 더욱 위험한 것은, 불평을 하고 있는 내가 그것을 의식하지 못한 채, 내 기분에 따라 마구 퍼붓는다는 것이다. 그리고 그 모습을 고스란히 내 아이들이 보고 듣고 자란다. 아이들의 맑은 거울이 되어 주어야 할 부모가 생각과 마음의 찌꺼기를 불평불만으로 쏟아내면, 불평 바이러스가 아이들에게 스산한 공기를 뚫고 전염된다.

'달걀이 부화해 병아리가 되기까지 21일이 걸리는데, 사람도 새로운 행동을 습득해서 습관으로 만드는 데 21일이 걸린다.'고 하였다. 맞는 말이다.

나는 우리 가족에게 불평불만을 21일 동안 하지 않는 사람한테, 원하는 선물을 사주거나 소원 한 가지를 들어주기로 약속하였다. 대신 하루 동안 불평을 한 번이라도 하면 그 사람은 처음부터 21일을 다시 시작해야 한다고 하였다. 신이 난 아이들이 너무 쉽다며 가지고 싶은 선물부터 각자 머릿속에 떠올렸다. 그리고 큰아이가 먼저 입을 열었다.

"엄마, 그 선물 말이야. 엄마가 싫어할 수도 있는데 내가 원하는 걸 사도 되죠?"

"음, 뭔데? 원하는 게? 아무튼 21일 동안 불평불만을 하지 않으면 생각해볼게?"

"다윤이는 뭘 갖고 싶어?"

"엄마, 난 이야기책 갖고 싶어요. 학교에 있는 책을 여러 번 읽었더니 조금 지루해져요."

한 집에서 키웠지만, 처음부터 달랐던 교육과 바꾸었던 말투에 따라, 아이의 생각 차이가 나지 않을까 싶기도 하다. 어릴 때부터 두 아이는 달라도 너무 달랐다. 큰애는 남자, 작은 아이는 여자, 큰애는 인스턴트와 고기를 좋아하였고, 작은 아이는 야채나 과일을 좋아하는 편이었다. 큰애는 키가 작아서 고민이고, 작은 애는 키는 평균이지만 마음이 나약해서 고민이었다. 큰애는 설사를 자주 하고 작은 애는 변비를 자주 하는 편이다. 큰애는 휴대폰을 좋아하고 작은 아이는 독서를 좋아한다. 상반된 두 모습을 한 아이들을 보면서, 우리 집에는 균형 잡힌 삶이 필요하다고 느꼈고 또 그렇게 조금씩 바꿔나가기로 하였다.

물을 정수기에서 끌어 올리면 마실 수 있는 물이 되고, 전기밥솥에 쌀과 함께 맞추어놓으면 밥이 된다. 하늘에서 내리면 비가 되기도 하고, 물고기의 은신처가 되어주기도 한다. 똑같은 물이라 할지라도 쓰임새에 따라 다르듯이, 말도 담는 그릇에 따라 모양이 달라진다. 이처럼 말 그릇도 어떤 말을 사용하고 담느냐에 따라서 영향을 받는다.

전에 사용해왔던 말투처럼 이렇게 해, 저렇게 해가 아닌 이렇게 하면 어떨까? 우린 이렇게 생각하고 있는데 네 생각에는 어떠니? 그렇게 해 줄 수 있겠니?라고 명령 대신 질문으로, 말투 대신 마음투로 바꿔 진심을 담아서 말했을 뿐인데, 사춘기에 들어선 큰아이와 오랜만에 만족하는 대답을 서로 주고받고 있었다. 평일에 "귀찮아, 싫어."를 밥 먹듯이 하던 아이가 불평불만 없애기 활동을 하게 되면서 자신의 입을 몇 번이고 틀어막으면서 말이다. 우리 가족은 아이들이 조금씩 달라질 때마다 서로 칭찬을 아끼지 않았다. 처음에 조금은 어색했지만 따뜻한 포옹으로 인사하기도 하면서 행복한 하루를 시작하였다.

그로부터 시간이 꽤 흘러, 지금 내가 글을 쓰고 있는 이 순간까지도, 우리는 본의 아니게 입 밖으로 튀어 나온 불평불만 때문에, 오늘 하루를 다시 시작하고 있다. 다른 사람이 불평한다고 지적하는 것도, 내 마음에 안 든다는 이유로 불만을 쏟아내는 것과 마찬가지로 역시 실패하고 처음부터 다시 시작해야 한다.

우리 가족은 '불평 없애기'라는 책에서 본 그대로를 따라 하면서 실행에 옮겼다. 그 과정에서 많이 놀란 것은 불평은 우리가 살아가는 곳곳에 널려있다는 것이다. 이 게임을 시작한 지 얼마 안 되지만, 아이들은 불평불만을 쏟아내는 순간 자기 스스로 의식하는 단계에 들어섰다.

이제 조금 더 숙련되면 생각 속에 필터를 장착하여, 언어를 입 밖으로 내뱉을 때 말의 찌꺼기들을 걸러내기만 하면 된다. 쉽진 않 겠지만 이렇게 한 단계씩 발전하다 보면, 언젠가는 좋은 생각과 긍 정적인 말들이 습관으로 이어질 날이 돌아올 것이라고 믿는다.

세상에는 빛과 어둠의 양면이 존재한다. 우리는 어느 한쪽을 선 택하고 마음을 기울이느냐에 따라 순간이 달라지고, 하루가 달라지 고, 삶이 달라진다.

우리는 누구나 이 세상에 태어난 유일하고 소중한 존재이다. 노 래의 제목처럼 '당신은 사랑받기 위해 태어난 사람'이다. 우리 모두 가 행복해질 권리가 있으며, 이미 충분히 행복하고 충분히 아름답 다. 연변의 말투이던, 어느 나라 말투이던, 아름다운 마음의 투로 바 꾸는 순간 삶은 더 빛나고 행복해질 것이다.

> "나는 어떤 상황에 놓인다 해도 여전히 즐겁고 행복하게 살기로 했 다. 행복이나 불행의 많은 부분은 우리가 처한 상황에 달린 게 아니 라, 우리의 마음가짐에 달려있다는 것을 경험으로 배웠기 때문이 다."
>
> -마사 워싱턴

사실 음식물 쓰레기는 쓰레기가 아니다

오늘도 내일도 한 번뿐인 인생을 다르게 살고 싶은 마음에, 희미하게 밝아오는 새날과 함께 스탠드를 켜고 책상에 앉아 글을 쓰고 있다. 지금 내가 사는 현실을 벗어나고 탈출하려면 생각을 바꾸고 행동과 습관을 바꿔야 한다고 생각하기 때문이다. 변화하려면 배움이 필수인 것처럼 비록 마흔에 들어선 늦깎이 공부지만, 그래서 더 절실하고 소중한 것 같다. 솔직함과 진심이 묻어난 마음으로 지식과 지혜를 충분히 받아들이면서 습득하려고 노력하면서 말이다.

다른 삶을 살려면 다르게 생각하여야 한다고 한다. 다르게 생각함으로써 다른 출발점이 보이고, 변화하려면 배움과 경험이 필수라는 걸 깨닫는다. 매일 새로운 삶을 익혀나가면서 '나는 꼭 할 수 있다.'라는 마음이 간절할수록 배우는 과정이 즐거워지고 인생이 살 만해지는 것 같다. 두 번 다시 오지 않는 오늘 하루를 최고의 선택 으로 최선을 다해 보내려고 노력해 본다.

날이 밝기도 전에 책상 옆에 놓여있던 휴대폰이 진동으로 부르 르 몸을 떨며 요란하게 움직였다. 식당 주방 설거지를 열흘 정도 해 달라는 알바 일이 들어온 것이다. 몇 달 전 주방 설거지를 한 경험 이 있는 덕에 흔쾌히 대답하였다.

예전의 나는 항상 반복되고 익숙해진 것에만 기대고 의지하면서 살다 보니, 낯선 환경이나 처음 부딪치는 상황이 발생하면 쉽게 도 망가고 두려움을 느꼈다. 하지만 여기저기 처음 해보는 알바에 익 숙해진 나는 오늘도 신나게 달려보기로 하였다.

오늘 내가 하는 일은 중국집 자장면 주방 설거지 일이었다.

길게 줄을 선 열통 가까이나 되는 큰 통 안에, 몸을 맡긴 크고 작 은 그릇들이 빼곡히 쌓여있었다. 어서 빨리 자기 몸을 깨끗이 샤워 시켜달라고 애원하는 것만 같았다. 전날 배달되었던 음식 그릇들이 꾀죄죄한 모습으로 나를 기다리고 있는 것 같기도 하였다.

그 장면들을 본 나는 알겠다는 듯이 재빨리 앞치마와 고무장갑 그리고 마스크로 완전무장하고 설거지 전쟁터에 뛰어들었다. 먼저 그릇에 남겨진 음식물 쓰레기들을 분리해낸 다음 뜨거운 물을 틀어 그 속에 담구어 놓았다. 똑같은 배달음식을 시키면서, 서로 다른 생각과 행동과 성격의 차이를 보여준 사람들의 마음을 그대로 읽을 수 있었다. 어떤 그릇은 음식을 깨끗이 비운 상태로 보내졌지만, 어떤 그릇에는 남겨진 음식물 속에다 담배꽁초나 병뚜껑 그리고 휴지를 그대로 버무려 보냈다.

무더운 날씨에 이미 변질되어 있는 음식물 쓰레기에서, 악취와 쉰 냄새가 코끝을 찔러댔다. 변질되어 고약한 냄새를 풍기는 것들을 분리해 내 버려야 하는 그 일이 제일 힘들었다. 속이 울렁거리고 구토가 나왔지만, 그전에 욕부터 나왔다. 이 더러운 장면들이 어서 빨리 지나가길 바라면서 손을 재빠르게 움직였다.

이런 가운데서도 한편으로는, 지금부터 독서를 많이 히여, 머지 않은 내일에 많이 성장한 내 모습을 상상하면서 꾹 참고 버텼다. 어쩌다 가끔 통 밑 부분에 깨끗하고 반짝반짝 세척까지 해 보낸 그릇이 눈에 띄었다. 누군지 알 수 없지만 더불어 사는 세상에 티 없이 맑고 깨끗한 마음이 존재한다는 생각만으로도, 내 마음 깊은 곳에서 감사함과 따뜻함이 절로 묻어 나왔다. 그리고는 다시 한번 용기를 내어 더욱 열심히 일했다.

뜨거운 물을 튼 싱크대에서 김이 뿌옇게 올라와, 이미 땀범벅이 된 내 얼굴을 덮쳤다. 그러자 이마에서부터 소금물처럼 짠 땀방울이 비 오듯이 흘러내렸다. 팔을 조금 높게 들고 흘러내리는 땀을 옷 깃에 닦아내면서 쉴 새 없이 바삐 움직였다.

어느덧, 어둠이 대지에 슬슬 내려앉기 시작하자 풀숲에 숨어있 던 모기들이 기다렸다는 듯이, 내 몸에 밴 음식물 쓰레기 냄새와 땀 냄새가 뒤섞인 악취에 발광하는 것 같았다. 긴 소매 옷과 긴 바지가 아무 도움이 되지 않았고 소용이 없었다.

모기들은 굶주림에 몸부림치듯 내 피를 이곳저곳에서 사정없이 쪽쪽 들이키면서 갈증을 해결하는 것 같았다. 다음날 몸에 향수를 찐하게 뿌리고 왔지만, 음식물 악취에 짓눌려 향기로운 냄새는 금 방 사라져버렸다.

그렇게 11시간의 전쟁으로 하루를 마칠 때마다, 나는 지친 몸을 질질 끌고 집으로 돌아왔다. 엄마만 기다리고 있던 둘째와 큰애가 너무 좋아 나를 향해 폴짝폴짝 뛰어왔다. 순간 감동으로 목이 메어 온 나는 두 팔 벌려 내 아이들을 맞을 준비를 하였다. 이때 품에 안 기려던 애들이 코를 막고 다시 방으로 도망가더니 문을 쾅 닫아버 리는 게 아닌가?

때마침 우리 집에 놀러 오신 엄마는 칠순이 넘은 할머니가 다 되 어서도 딸 걱정에 어찌할 바를 모르셨다. 음식물 쓰레기 냄새가 코를 찔러 숨을 쉴 수가 없으니 빨리 옷부터 벗고 씻으라고 했다. 이미 마비되고 취해버린 냄새에 그제야 상황 파악이 된 나는 알겠다고 고개를 끄덕이고는 욕실을 향했다. 여기저기 가렵고 끈적거리는 몸에 비누 거품을 듬뿍 바르고 빡빡 밀었다. "하아~" 너무 힘들다. 어제보다 오늘이 더 힘든 것 같았다.

이튿날, 아침이 되니 가위에 눌린 것처럼 몸이 전혀 움직여지질 않았다. 여기저기 쑤시는 근육통이 앞을 가로막아 나선다. 오늘 하루만 쉬자고 내 몸이 힘들어하면서 말을 걸어오는 것 같았다. 게으름이 고개를 들이밀며 유혹하지만, 핑계가 문을 두드리며 협상을 해오지만 나는 의지와 신념으로 힘겹게 버티고 다시 일어나기로 했다. 앞으로 나아가야만 했다.

오늘날, 사람들은 푸짐하게 한상차림으로 해서 먹는 것을 정으로 여긴다. 그래서 명절 때나 생일잔치 때 음식물 쓰레기가 많이 남는 경우가 많다고 한다. 우리 집에서만 해도 그렇다. 가족에게 매 끼니 맛있게 하려고 최선을 다하지만, 때론 맞지 않는 입맛과 떨어진 식욕으로 음식이 남을 때가 많았다.

사실은 음식물 쓰레기는 쓰레기가 아니다. 뉴스에서 음식물 쓰레기는 재활용 처리장으로 가게 되는데, 약 95% 정도가 이곳에서 사료나 비료로 재탄생한다고 하였다. 음식물 쓰레기를 분쇄하는 과정에서 혹시 모를 이물질 제거를 위해, 자석을 이용해서 금속 물질을 제거하는 과정을 한 번 더 거친다고 한다. 그런 다음 사료나 비료로서의 가치를 갖게 된다고 하였다.

음식물 쓰레기가 어찌 보면 우리들의 과욕이 아닌가 생각된다. 예전엔 정리정돈이 안 되어 있는 냉장고에서 음식을 과반으로 버린 적이 많았다. 음식물 쓰레기를 줄이자면 냉장고부터 정돈이 잘 되어있어야 할 것 같다. 나는 되도록 냉장고가 비워질 때 마트에 가서 채소를 산다. 음식물 쓰레기는 절대 쓰레기가 아니다. 알뜰한 음식습관으로 음식물을 줄이고, 분리수거를 잘하는 우리 모두의 작은 행동이 지구를 살리는 최선의 노력이 아닐까 싶다.

어딜 가나 보름달은 둥글다

　내가 고등학교 시절 어머니는 우리 집 식구가, 가난에서 빨리 벗어나기 위해 수많은 빚을 안고 한국에 오셨다. 그때까지만 해도 나에겐 휴대폰이 없었고 영상통화는 더더욱 불가능했다. 어쩌다 한 번씩 국제전화로 어머니의 목소리를 들을 수 있었다. 저 건너편 전화기 너머로 들려오는 어머니의 익숙한 목소리가 들리면, 서러움이 북받쳐 올라 순간 목이 메어올 때가 많았다. 어쩌면 그때만큼은 나에게 있어 그 무엇보다 가장 소중하고 기쁨과 슬픔이 서로 교차되는 순간이었을지도 모른다.

　어머니가 한국에 가시기 전까지만 해도 방학이 되면 기숙사에서 제일 먼저 짐을 챙기고 시골에 있는 집을 향했다. 그러면 어머니는 옥수수도 삶아주시고 밀가루 반죽을 만들어 꽈배기도 튀기고 팥빵도 구워주셨다. 그때까지만 해도 어머니가 해준 음식과 어머니의 따뜻한 손길에 익숙하다 보니, 그 시절이 얼마나 소중하고 행복한 순간이었는지를 알지 못했다. 오히려 매일과 같은 엄마의 잔소리에 얼굴만 잔뜩 찌푸렸고 하루빨리 어른이 되어 자유를 찾고 싶었다.

그때 나는 엄마가 언제 어디에서나 항상 내가 원하는 곳에 계시는 줄 알았고, 언제나 자식 걱정하시는 엄마의 근심과 잔소리가 부모가 자식에 대한 당연한 관심인 줄로만 알고 있었다. 혹시나 엄마가 내 옆에 안 계셔서 너무나 보고 싶으면 어쩌나? 엄마가 해준 음식이 먹고 싶으면 어쩌지? 내가 아프면 돌봐줄 사람이 없으면 어떻게 하지?라는 생각은 한 번도 해본 적이 없었다.

정작 어머니가 한국으로 떠나시고 난 후에야, 어머니의 사랑이 내 삶에 그리움으로 가득 찼고 어머니의 빈자리가 나를 더욱더 아프고 슬프게 만들었다. 특히 명절 때나 생일이 되면 하늘의 보름달을 보며 어머니의 모습을 떠올리고는 눈물을 훔치면서 애타게 그리워했다. 우연히 길을 가다가 빵이나 삶은 옥수수를 보거나 어머니와 함께했던 따뜻한 순간과 목소리를 떠올리면, 보고 싶은 간절함으로 눈물이 앞을 가렸다.

그로부터 5년이 지난 뒤 그토록 그리웠던 어머니와의 상봉을 위하여, 설레는 마음으로 공항으로 마중 나갔다. 멀리서 힘들게 걸어오시는 어머니를 보는 순간, 그동안 고향을 떠나 낯선 땅에서 수많은 아픔과 고통을 겪으신 것을 알 수 있었다. 낯선 땅에서의 사람도 환경도 두려웠을 것이고, 하는 일마다 힘드셨음을 느낄 수 있었다. 나는 공항에서 오랜만에 보는 어머니의 모습에 놀라지 않을 수 없었다. 튼튼하시던 몸집이 마른 자작나무처럼 야위었고, 얼굴에는 어두운 그늘이 드리워져 있었다. 바람이 불면 쓰러질 것만 같은, 지치고 힘든 모습을 보면서 마음이 찢어질 듯이 아팠다.

어머니는 고향을 떠나 낯선 땅을 밟으면서 자식이 그리울 때마다 한강에 앉아 서러움을 토해냈다고 하셨다. 그리고 저 하늘의 둥근 달을 바라보면서 "타향의 달밤" 노래를 울면서 부르셨다고 했다. 비록 환경이 낯설고 익숙하지 않아도 어딜 가나 둥근 보름달을 보시면서 많은 위로가 되었다고 했다.

요즘 시대에는 전기밥솥의 버튼만 누르면 저절로 밥이 되고, 세탁기에 빨래를 넣으면 깨끗하게 세탁되어 나온다. 옛날처럼 손편지를 쓰지 않아도 짧은 시간에 인터넷으로 간단한 이메일을 주고받는다. 우리는 기계가 사람을 대신해, 수많은 일을 하는 풍요로운 시대에 살고 있다. 하지만 차가운 기계가 어머니의 따뜻한 정과 사랑이 담긴 손길을 대신할 수는 없다. 바쁠 때 전자레인지에 돌려먹는 간편한 음식이 어머니의 손맛이 담긴 음식을 그립게 하였다. 휴대폰에서 들리는 어머니의 목소리가 서로 마주 보면서 함께하는 따뜻한 온기가 전해지는 순간을 대신할 수 없다.

어머니는 마흔에 들어선 나를 보고, 네가 언제 그렇게 나이를 먹었냐고 하셨다. '세월이 나만 늦게 하고 내 자식들은 나이를 먹게 하지 말아주소서'라고 애원하시는 엄마, 내가 뱃살이 볼록 튀어나와도 '여자는 그게 정상이야'라고 위로 아닌 위로를 해주시는 엄마, 그런 엄마가 항상 있는 모습 그대로 젊으시고 건강한 줄 알았다. 그런데 세월이 조용히 조금씩 내게서 엄마를 빼앗아가고 있었다. 오늘도 하늘에 아름답게 떠 있는 보름달을 바라보면서, 어머니가 힘드실 때마다 그토록 애타게 부르셨던 "타향의 달밤"의 노래를 부르며, 그리운 어머니를 떠올린다.

달이 뜨는 밤이 오면 고향이 그리워 /
바다 건너 계시는 어머님 보고 싶소 /
세상에 달님은 하나뿐이라 /
어머님도 달밤이면 이 딸을 그릴 테니 / 아~아~응~응~
잠 못 드는 타향의, 타향의 달밤이여 /
달이 뜨는 밤이 오면 고향이 그리워

나는 '나'니까

나는 '나'니까 비행기라는 괴상한 새를 타고 한국에 왔다. 나는 '나'니까 생각이 날 수 있으니까.

나에 'ㅁ'을 합치면 남이 된다. 처음에 나는 남과 다르게 살고 싶었고 돈을 벌어 부자가 되고 싶었다. 어릴 때 교과서에 실린 시 한 구절이 생각난다.

지지배배 제비들아
'강남' 갔다 오는 동안
많은 공장 생긴 걸
너는, 너는 보았니?

나는 지지배배 제비들처럼 서울에 있는 강남에 간 게 아니라, 남편 따라 남쪽에 있는 경남에 왔다. 내가 처음으로 부지런히 발품을 팔아 어렵게 취직을 한 회사가 있다. 제조업으로 일하는 공장인데 일이 힘든 데다가 사람들의 신경이 고무풍선처럼 팽팽해져 살짝만 건드려도 금방 터질 것만 같았다. 기계를 관리하는 관리자 한 분이, 왕초보인 내가 영 미덥지 않은 모양이다. 겉으로 풍기는 인상이 쌀쌀맞은 데다가 온기라곤 전혀 느껴지지 않았다.

나는 무엇이든 처음에 배우는 게 느리고 서투른 편이다. 일에 요령이 없는 탓에 정신없이 돌아가는 기계 앞에 서서, 나오는 박스들을 건지느라 미친 듯이 일했다. 어느 순간 고개를 들어보니 내 옆에 있는 사람들은 놀면서 일을 하는 게 아닌가! 차가운 기계처럼 사람 마음 또한 차갑다는 것을 실감하면서 많이 속상했다.

납득이 되지 않는 상황에 고개를 갸우뚱하기도 하고, 이처럼 일하는 사람들도 이해가 안 되었다. 나만 이상한 건가?

기계를 빨리 돌리면 제품을 많이 생산하겠지만, 일하는 사람들의 마음 챙김은 어디까지 냉혹한 걸까? 더욱 이해가 안 되는 건 이런 굴욕과 모욕을 받아 가면서, 나처럼 일이 능숙하시 않은 사람들은 삶에 대들거나 저항하지 않는다는 것이 나를 더욱더 실망하게 했다.

언제부터인지 알 수 없지만 나 또한 그 속에 자리 잡아가면서 회사생활에 천천히 물들어 가고 있었다. 시간이 지나고 일하는 요령이 생기자 그제야 기계가 빨리 돌아간 것이 아니라, 느릿느릿하고 서투르기 그지없는 내 일솜씨 때문이라는 것을 알았다. 거기까지 생각하자 창피해서 못 견딜 정도로 자신이 부끄러웠다.

한국에서의 빨리 빨리는 거북이처럼 느릿느릿한 내 성격을 바꿔 나가야 했다. 거북이가 바다에서는 자유롭게 헤엄을 치지만, 지상에 와서 토끼와 달리기 경주를 하려면, 자신을 부지런히 단련하여 육지에 익숙해지는 요령과 방법을 터득해 나아가야 하는 것처럼 말이다. 어쩌면 거북이는 토끼의 승부를 비교하는 것이 아닌, 목적지를 향해 꾸준히 앞을 향해 나아가고 육지에 적응하면서 온 열정을 다했을지도 모른다. 그런 거북이와는 달리 그동안 느릿느릿한 속도는 비슷했지만, 정작 제일 중요한 목적지를 위해 꾸준히 달리지는 못했다. 아니 달릴 줄을 몰랐다. 그때까지만 해도 토끼처럼 거북이와 비교하는 삶을 살고 눈앞의 이익과 게으름에 익숙하다 보니 머나먼 목적지는 보이지 않았었다.

그동안 보이는 것만 보고 들리는 것만 믿으면서 살아왔다. 주어진 상황에 자신을 애써 밀어붙이면서 먹고 살기 위해 하루를 버텼다. 회사에서 일 잘하는 사람이 부러웠고 몇 십 년 동안 일을 꾸준히 오래 한 사람이 부러웠다.

오늘도 가족의 책임을 위해 열심히 일하고 달리는 이 세상 모든 사람들, 정말 위대하고 존경스럽다.

처음엔 하루에도 몇 겹이나 되는 무거운 가면을 쓰고, 상황에 맞춰 비굴하게 살아가는 내가 점점 작아지고 원망스러웠다. 회사의 동료들은 잘만 먹고 웃고 떠들면서 하루를 보내는데 나는 나를 허락하지 않았다. 내 마음이 괴롭고 아프고 슬펐다.

그동안 나는 돈 때문에 일에 매달리면서 자신을 괴롭혔다. 어느 날 문득 알게 된 사실이었는데 이 모든 것은 돈 때문이 아닌, 돈에 매달리고 집착하는 나의 몹쓸 버릇과 돈을 바라보는 시선 때문이었다. 돈은 항상 제 자리에 잘만 있는데 이 모든 것을 돈으로 탓하는 나 자신 때문이었음을 알았다.

누구를 탓하는 습관은 어릴 때부터 자리 한 내 비겁한 성격 때문이리라. 거기에다 내가 맘에 안 드는 여기에 있는 사람들은, 나를 비롯해 백 년 뒤에 모두 사라지는데, 내가 지금 여기서 쓸데없는 감정 낭비하고, 자존심을 구겨가면서 언제까지 비굴하게 살아야 한다는 생각까지 했었다.

어쩌면 나는 그동안 1년 가까이 몸과 정신의 기계가 되어 버렸는지도 모른다. 상황은 항상 외부 탓이 아닌, 나의 내면의 생각에서 부터 시작되는데 말이다.

그 이후, 나 자신에게 조금 위로되고, 삶 속에 스스로 내리는 처방 약이 있다면, 나는 다르게 살기로 했고, 다르게 생각하기로 하는 거였다. 뭔지 모르지만, 온전히 나답게 나로 살기로 했다.

사람이 이 세상에 존재하는 이유는 부자가 되기 위해서가 아니라 행복하게 살기 위해서다.

-스탕달

어쩌면 나는 세상이라는 넓은 대지에 나아가 시원한 바람을 맞으며, 배우고 성장하는 또 다른 나를 만나고 싶었는지도 모른다. 하루를 바쁘게 살다 보면 '다음에', '나중에', '어쩔 수 없이'라는 단어들이 자꾸만 나를 붙잡고, 하고 싶은 일을 미루게 만들면서 핑계가 아닌 핑계를 대게하고, 변명 아닌 변명을 만들어내기도 한다. 항상 익숙함의 그늘이 좋았고 무리에 휩쓸리는 것이 나를 의지하게 만들었다. 하지만, 처음으로 살아보는 인생, 한 번뿐인 마지막 인생을 열심히 끝까지 달리다 보면, 인생의 종점에서 맞이하는 죽음 앞에 후회를 남기고 싶지 않다.

지금부터 내가 내 삶을 매 순간 행복하게, 원하는 것을 미루지 않고, 용기 있게 살아가는 데 집중할 터이다. 온전히 나답게 내가 좋아하는 일을 하면서 나는 '나'니까 아니, 날 수 있으니까 마음에 날개를 달아 언제든지 하늘 높이 날아갈 것이다.

예전에 매일 반복된 일상을 살아가면서, 직장 상사나 또는 주변 환경으로 인해, 예상 밖의 일로 감정 폭력에 시달려, 아픈 하루를 보냈던 적이 있다. 때론 생각지 않게 사람들의 보이지 않는 괴롭힘과 무시와 굴욕 침묵 등 다양한 감정들이, 여러 가지 모양과 모습으로 내 앞에 나타나 괴로움을 주기도 했다. 이 모든 것을 스스로 견뎌내고 이겨낼 수 있는 힘은, 외부가 아닌 내면에 품고 있어, 누구도 함부로 내 마음속에 침입해, 원하는 대로 내 감정을 마구 짓밟고, 휘두르는 행동을 허용해서는 안 된다고 생각한다. 절대로. 자신을 잘 지키려면 내면의 힘을 길러 올바른 마음가짐과 긍정적인 생각으로, 내 삶을 행복하게 만들어 가는 것이, 1순위인 자신을 사랑하는 마음이 아닐까 생각한다. 나는 '나'니까.

Part 02

자신을 사랑하는 사람이
가장 위대한 사람이다

부모는 선택할 수 없지만 나는 선택할 수 있다

이 세상에 태어난 자식이 부모를 선택할 수 없듯이 부모 또한 자식을 선택해서 낳을 수 없는 것처럼 부모와 자식은 그렇게 신이 정해준 운명과도 같은 만남으로 선택할 수도, 바꿀 수도, 끊을 수도 없는 인연으로 살아간다.

어릴 때 나는 부모를 탓하고 원망한 적이 많았다. '충분한 사랑을 주지도 못하면서, 제대로 키우지도 못할 거면서'라는 어리석은 생각을 해왔다. 하지만 내가 두 아이를 키우는 부모가 되고 나니 어릴 때 내가 한 생각과 행동이 얼마나 성숙되지 못했는지를 새삼스레 깨닫게 되었다.

지금은 내가 엄마랑 같은 입장이 되어 두 아이를 키우는 엄마이자 부모가 되었다. 내가 엄마가 되면서 우리 엄마가 우리를 키우느라 얼마나 많은 희생과 노력과 수고를 아낌없이 바쳤는지를 알게 되었다. 그리고 엄마의 일생을 자식을 위해 내려놓고 내어놓으면서 우리에게 준 사랑이 얼마나 위대한지를 한층 깨닫게 되었다.

부모가 우리를 키워주지 않았다면, 살아가는 자체가 불가능했을 것이다. 어쩌면 부모가 우리를 이 세상에 데려다준 국적, 성별, 환경에 살아가면서 삶이라는 하얀 백지위에 나의 성격, 자아, 생각이 만들어질지도 모른다. 부모가 우리를 키울 때 부모의 세상이 곧 우리의 세상이고, 부모의 생각이 우리의 생각을 조금씩 자라게 한다. 그때까지만 해도 부모는 우리의 거울이고 스승이고 세계였다고 해도 과언이 아니다. 하지만 어른이 되어서 부모는 선택할 수 없지만, 나는 또다시 나를 선택할 수가 있다. 내 삶을, 내 인생을 내 행복을 말이다.

나는 내가 선택한 삶에 만족하고, 꿈을 꾸면서 도전해 나가는 과정이 행복하기만 하다. 내 삶의 주인으로 살아가기 위한 선택과 나에게 쏟아붓는 모든 투자에 뿌듯함을 느끼면서 알찬 하루를 보내기도 한다. 내가 선택한 투자라 하면 생각의 투자, 배움의 투자 등 돈이 들지 않는 투자이다.

생각의 투자라 하면, 현명한 생각은 어지러운 내 마음을 깨끗하게 정리해 주고, 차분한 생각은 혼탁한 내 마음을 진정시켜주며, 올바른 판단과 결정을 내려주게 한다. 생각함으로써 깊은 사색에 빠져들기도 하고, 생각함으로써 내 안의 진정한 나를 돌아 보기도 하며, 생각함으로써 최고의 나를 찾아 나서고 만들어가는 방법이 보이기도 한다. 생각함으로써 최선의 삶을 살고 아름다운 순간을 즐기며, 배움의 길을 선택하기도 하는 멋지고 지혜로운 인생을 떠올려 보면서 말이다.

우리는 하루에 오만가지나 되는 생각들이 머릿속에서 굴러다닌다고 한다. 때론 그냥 떠오르는 수많은 생각에 정신을 빼앗기는 것보다 생각의 투자로 나에게 필요로 하는 생각들을 골라내는 것이 현명한 방법이지 않을까 싶다. 특히 독서 할 때, 밥을 먹으면 소화하는 절차가 필요하듯이, 숨을 들이쉬면 다시 내뱉는 과정으로 생명을 유지해나가듯이, 책도 읽고 나면 자신만의 생각을 잘 다듬어 종이 위에 정리하는 습관을 꾸준히 연습하는 노력이 필요한 것 같다. 독서를 하거나 삶을 살아갈 때 우리는 생각을 통해 또 다른 자신을 발견하고 차분한 생각으로 쌓여있던 고민을 해결해 나가기도 한다.

세상은 넓고 크고 무한하다. 이 거대한 세상 속에는 최고의 사람들이 넘쳐나고, 최선으로 살아가는 사람들로 북적인다. 비행기를 타고 저 하늘 위에서 내려다볼 때, 이 신비로운 세계의 어느 한 모퉁이에 살고 있는, 작디작은 나의 존재는 보이지 않는 미세먼지에 불과하다. 점점 부족하고 작아지는 내 모습이 투명 파일 안에 담겨 있는 것처럼 훤히 들여다보인다. 하지만 나는 오늘도, 배움이라는 희망의 끈을 붙잡고, 간절한 소망을 이루기 위해 모든 열정을 쏟아붓는 중이다.

부족함에 둘러싸여 있는 나를 더욱 성장시켜주고 꿈을 이루게 해주는 것은, 바로 진정한 배움이라고 생각했기 때문이다. 배움과 실천을 통하여 경험을 쌓고, 배움과 열정을 통하여 지혜를 구하고, 배움과 끈질긴 노력을 통하여 자신을 이기는 삶을 살고, 원하는 꿈을 이루어 낼 때까지 꼭 해낼 것이라고 다짐한다.

배움에 투자하는 것은 내일의 아름다움을 만들어가는 징검다리이고, 배움에 투자하는 것은 진정한 나를 만들어가는 과정이며, 배움에 투자하는 것은 현명한 삶을 이끌어 가는 등불이기도 하다. 오늘의 배움이 내일의 나에게 투자하는 현명한 선택이고 올바른 생각이며, 미래의 자신에게 주는 멋지고 아름다운 선물이 되기도 하다.

마흔에 들어서면서부터 나는 배움의 끈을 아이들에게도 전달하기 위해 매일 잠들기 전 다양한 이야기책들을 읽어주었다. 그리스 로마 신화로부터 인생의 지혜와 깨달음이 담긴 책을 나의 꼬마고객님과 사춘기에 들어선 청소년고객이 만족할 때까지. 그 다음날, 아이들이 학교에 간 사이, 저녁에 고객님들에게 들려줄 이야깃거리를, 책 시장에 가서 장바구니에 담아 와야 했다. 좋은 지식과 재밌는 이야기와 알찬 정보들을 전달하려면, 내가 책을 더 많이 읽고 정성을 기울여야 했다. 혹시라도 책 속에 나오는 좋은 내용을 발견하게 되면, 무슨 값비싼 보물이라도 발견한 양 폴짝폴짝 뛰면서, 아이처럼 들뜬 마음으로 볼펜을 들고 재빠르게 표시해나가기도 하고, 노트에 적기도 하였다. 그리고 공짜로 얻는 지혜에 굶주린 나는 그 속에 흠뻑 빠져버렸다. 혹시나 책에 조금이라도 더 많은 것을 건져내기 위하여 맘껏 욕심을 부렸다. 마치 꽃을 만난 꿀벌처럼 주위를 맴돌며, 알찬 정보를 빨아들이고, 수집해나가는 것처럼 말이다.

책 덕분에 둘째는 차츰 책 속의 이야기에 귀를 기울이기 시작하였고, 독서에 관심을 갖게 되면서, 빼곡한 글들을 막힘없이 읽어 내려갔다. 우리는 매일 책에서 배우고 깨닫고 읽으면서 인생을 조금씩 터득해나갔다. 나와 내 가족은 돈이 들지 않은 배움, 시간과 약속이 정해져 있지 않은 배움을, 도서관을 통해 익혀나갔다. 책속의 길을 따라 걷고 달리고 뛰기를 반복하면서. 그렇게 생각하고 쓰고 이루고 싶은 소원이 생기면서 잃어버린 자신을 발견하기도 하고, 나 자신을 찾아 나서는 길을 선택하기도 하였다. 마흔, 이제부터 시작이야.

이처럼 내가 원하는 선택을 하면 행복한 세계가 펼쳐진다. 부모는 선택할 수 없지만, 나를, 내 세계를 선택하면 삶의 주인으로 살아갈 수 있고, 내가 변하면 아이들도 달라진다. 이제부터 다른 사람의 생각에 휘둘리는 내가 아닌, 그 누구의 선택에 자신을 함부로 맡기는 내가 아닌, 오직 나로서의 온전하고 완전한 내 모습으로 된 삶을 찾아 나서야겠다고 다짐하는 순간이다.

변화의 첫걸음은 선택이다

그동안 휴식으로만 기다려왔던 주말을 이제는 알차게 보내려고 하였다. 나 자신을 변화시키는 첫걸음은, 선택에서부터 시작하는 것이었으므로, 무엇이라도 해야 할 것 같았고 또 그렇게 하기로 했다. 나는 먼저 인터넷으로 책 10권을 주문했다. 이름을 보물 1호로부터 보물 10호라고 지었다.

매일 한 페이지씩 넘기면서 나의 하루도 알차게 변화하기 시작하였고, 근심과 잡념도 조금씩 사라지면서 마음 치유에도 도움이 되는 것 같았다. 아래에 내가 읽은 보물 중 몇 가지를 소개하겠다. 좋은 책이 많고 많지만 이 책들은 내가 소유한 첫 책이고 가장 인상 깊었던 책이다. 이 책들이, 책이라는 네모난 세계에 나를 데려가주고 생각의 뿌리에 골고루 영양을 심어준 고마운 존재들이다.

‘영원히 살 것처럼 배우고 내일 죽을 것처럼 살아라’ 마빈 토케이어 지음, ‘90일 완성 돈 버는 평생습관’ 요코야마 미츠아키 지음, ‘돈, 뜨겁게 사랑하고 차갑게 다루어라’ 앙드레 코스톨라니 지음, ‘부자는 내가 정한다’ 김은정 지음, ‘내 인생에 희망이 되어주는 한마디’ 이대희 지음, ‘하버드 새벽4시반’ 웨이슈잉 지음, ‘48분 기적의 독서법’ 김병완 지음, ‘글쓰기로 부업하라’ 전주양 지음, ‘슬픔의 밑바닥에서 고양이가 가르쳐준 소중한 것’ 다키모리 고토 지음, ‘이별의 순간 개가 전해준 따뜻한 것’ 아키야마 미쓰코와 강아지 친구들 지음 등

그동안 열 가지의 보물을 읽으면서 나와 또 다른 열 명의 삶을 들여다보았고, 강연이나 영상에서 현명한 사람들의 조언도 잊지 않고 노트에 차곡차곡 기록해 나갔다. 그리고 항상 대수롭지 않게 보냈던 시간의 소중함을 깨달았고, 많이 부족했던 자신을 돌아보면서 평일에 습관처럼 해오던 익숙한 것들을 멀리하도록 노력하였다. 지금껏 별로 중요하지 않은 일에도 에너지를 낭비해온 것이 있으면 되도록 피하기로 하였다.

이렇게 한 권 한 권의 책이 내가 힘들 때 곁을 지켜준 소중한 친구가 되었고, 어둠 속에서 방황하고 있을 때 인생의 한 줄기 빛이 되어, 희망의 끈을 던져주기도 하였다. 어쩌면 내가 선택한 이 보물

들이 내 삶 속에 변화의 씨앗이 되고 불꽃이 되었는지도 모른다.

책 속의 수많은 지식과 지혜들을 마음껏 알고 싶었던 나는 도서관을 방문하였다. 진열대에 빼곡히 줄지어 정리 정돈이 잘 되어있는 책들이 서로 제목을 자랑하고 뽐내며 어서 오라고 손짓하면서 황홀한 세계를 보여주는 것 같았다. 마음 한구석에서부터 표현할 수 없는 기쁨과 행복이 싹트기 시작하였고, 희망의 씨앗이 봄을 맞은 것처럼 가슴속에서 꿈틀대는 것을 느꼈다.

그날부터 나는 중요한 일 외에 휴대폰의 차갑고 감정 없는 기계와 그 속에서 쏟아져 나오는 무수한 이야기와 소통을 끊기로 마음먹었다. 처음에는 내 분신과 같은 휴대폰을 멀리하면서 세상의 소통과 연결이 멈추면 혼자 지구위에 덩그러니 남는 신세가 될까봐 살짝 걱정이 되었지만 오히려 그 과정이 나를 살리는 유일한 방법이고 선택이었음을 절실하게 느꼈다.

그 동안 배터리 잔량이 부족할 때까지 수다를 떨던 통화도 점차 줄이다가 멀리하였고, 내 정신과 시간을 쪽쪽 흡수하던 TV 속의 울고 웃던 세계와도 단절해버렸다. 그때 일일드라마에 푹 빠지면서, 이튿날, 퇴근전이면 전날의 연속집이 미치도록 궁금하여 그 시간에 맞춰 부랴부랴 집에 달려와, 정신 나간 사람처럼 리모컨부터 찾아 화면을 켜던 그 사람, 다행이 드라마 방송전인 광고를 보고 '휴~ 아직 늦지 않았어'를 외치던 한사람, 그러던 내가 책을 만나면서부터 나를 바꿔나가기로 결심하였다.

　그동안 누군가의 험담을 술안주로 잘근잘근 씹어대던 회사의 동료들과도 거리를 두었고, 내 에너지를 마구 빼앗아 가던 친구들과도 연락을 취소하면서 말이다.

　퇴근하고 회사의 동료들과 헤어지면서 "이번 주말에 잘근잘근 씹으면서 한잔하자."고 농담처럼 주고받는 한마디의 말에 "이제부터 바쁠 거야, 나 찾지 마." 라는 말을 쿨 하게 내뱉는 순간 나 자신도 깜짝 놀라게 만드는 그 차가운 말들. 이게 다 독서 때문이야. 흠, 아니 독서 덕분이지. 흐흐.

　그동안 바쁜 일상을 분주하게 살아오면서 이루어 놓은 것은 없었다. 그저 주어진 틀에 갇혀, 보이는 세계에서만 무지한 삶을 살아온 나 자신을 지혜롭고 현명한 책을 통해 알게 되었고 깨달음을 얻게 되었다.

　나는 일의 노예, 돈의 노예, 시간의 노예 등 많은 노예로 살아오면서, 내 삶에 만족하고 고집된 생각과 판단으로 수많은 세월을 허무하게 보내왔다. 학교에서나 사회에서나 인생에 별로 도움이 되지 않는 배움과 기술을 익혀왔지만, 정작 인생을 어떻게 잘 살아가느냐에 대해서는 아무도 가르쳐주지 않았다. 주어진 삶을 스스로 터득하고 경험하면서 쌓아가는 것은, 오직 자신만의 선택이라고 결론을 내렸다. 그리하여 배움의 끈을 꼭 붙잡고 그 지식과 지혜를 행동으로 옮기려고 노력하였다.

이 모든 것을 가만히 알려주는 지혜로운 친구는, 항상 따뜻한 조언과 진심이 담긴 경험으로 알고 싶은 것과 배우고 싶은 것들을 조용히 전해준다. 또, 가고 싶은 곳도 타임머신을 타고 상상의 나래 속으로 데려가고, 만나고 싶은 인물들의 생각과 경험도 언제든지 보여준다. 힘들 때나 우울할 때, 언제나 나의 어둠을 비집고 들어와 살며시 비춰주는 등잔불이 되고, 삶의 지팡이가 되어주는 고마운 친구. 그것이 바로 독서였다.

내가 태어나서 제일 잘한 일이 독서를 만난 것이고, 두 번째 잘한 일이 아이들과 함께 배움의 끈을 붙잡고 학부모에서, 함께 성장하는 부모가 되기 위해 노력하면서 살아온 삶인 것 같다.

오늘도 한 권의 책이 내 인생의 심장이 되어, 그 속에서 울고 웃으면서 숨을 쉰다.

인생을 살아가면서 누구나 한 번쯤은 상황에 따라 언제 어디서든 변화하고 싶을 때가 있다. 어제의 자신보다 아름답고 멋지게.

부족하고 보잘것없는 나도 변화의 씨앗을 마음에 담아 놓았다.

우연히 좋아지는 일은 없다. 변화시켜야 좋아진다.

-짐 론, 동기부여 전문가

변화하기에 너무 늦거나 이른 때는 없다고 한다. 변화하려면 언제 어디서든 가능하고 변화시켜야 내 삶이 좋아진다고 하였다. 변화하지 않으면 나이만 먹게 되고, 변화하지 않으면 어제와 같은 삶을 살면서 인생이 훌쩍 지나가 버린다. 누구나 변화하려는 이유는 다르겠지만, 조금씩 변화하면서 앞으로 나아가면 삶이 행복해지고 더욱 살만해진다. 그리고 의미 있는 하루를 더욱 멋지게 살다보면 언젠가 기적이 '짠'하고 나타나는 경험을 해보기도 하면서.

변화의 첫걸음은 선택이다

성공은 공사 중이다

꿈에는 두 가지의 길이 있다고 하였다. 빵을 좇는 길과 꿈을 좇는 길이라 한다.

빵을 좇는 길은 현재의 길로써 당장은 먹고 살기에 지장이 없고, 편안하면서 안락한 생활을 뜻한다고 한다. 꿈을 좇는 길은 시간이 오래 걸리고, 미래에 원하는 것을 이루기 위해 뜨거운 열정과 노력으로 분투하고 끝까지 싸워 승리하는 것을 뜻하는 것이라고 한다.

빵을 좇는 길은 눈에 보이고 만질 수 있지만, 꿈을 좇는 길은 보이지도 않고 만져지지도 않는다. 이 때문에 사람들은 흔히 눈에 보이는 것을 쉽게 믿고 따르지만, 보이지 않는 것은 꼭 가진다는 확신이 없어서 불확실한 것은 믿기 어려워하기도 한다.

요즘 아들은 진로 때문에 고민을 많이 하는 것 같았다.

"엄마, 나는 꿈을 좇는 길을 선택하고 싶어. 그런데 보이지 않는 길도 여러 가지가 있는데 어떤 것을 선택해야 하는지 잘 모르겠어."

"좋아하는 것이 뭔지 물어봐도 돼?"

"당연하지, 초등학교 때까지만 해도 영화감독이었는데 요즘에 와서 다시 바뀌었어. 지금은 그림을 그려 화가도 되고 싶고, 피아노를 배워 피아니스트도 되고 싶어. 그리고 음악을 배워 프로듀서도 되고 싶은 마음이 간절하기도 해."

"음, 뭐랄까 나도 그동안 꿈과는 거리가 멀게 살아와서 아는 것이 없지만, 마흔에 들어선 지금 꿈을 위해 성공의 길을 공사하는 중이란다."

"성공의 길을 공사하신다고요? ㅋㅋ 어떻게 공사하는 중인데?"

"우선, 성공하려면 고독과 친해져야 한다고 생각했어. 성공의 빠른 길을 달리려면 고독이라는 고속도로를 이용하면서 말이다. 고독은 꿈을 빨리 이루게 해주는 고속도로와도 같단다. 고독할수록 내면의 소리가 더욱 선명하게 들려오고, 고독할수록 내면의 찌꺼기들을 더 많이 제거해내기도 한다. 고독할수록 잃어버린 자신에게 더욱 집중하게 되고, 고독할수록 혼란한 마음을 깨끗이 정리할 기회가 생기기도 하지. 나는 고독을 통해 결핍하고 부족한 나 자신을 비우고 채워가는 방법을 터득하였단다. 그리고 고독을 통해 삶의 방향을 더욱 뚜렷이 알아간 것 같구나. 고독을 통해 마음속에 품고 있던 씨앗의 간절함을 빨리 이루어낼 수 있는 노하우를 발견하기도 하면서 비밀의 통로를 쏜살같이 내달렸다고 할 수 있겠다. 고독은 주위의 공기를 더욱 신선하게 해주고, 순간의 소중함에 집중하고, 미래의 성공한 자신을 떠오르게 하면서 살며시 미소를 짓게 해주기도 한단다.

성공, 성공하려면 고독과 함께해야 하고, 성공하려면 무리에서 벗어나 자기다움을 찾아 나서야 해. 성공하려면 낯선 길을 걸어야 하고, 성공하려면 온전하고 완전한 내가 되는 것부터 시작하여야 하지 않을까 싶다."

"엄마는 성공의 길을 고독과 싸움으로 견디지만, 나는 무엇을 선택해야 할지부터 망설여져."

"그건, 음이 잘 어울려 음악이 되고 색이 잘 어울려 그림이 되고 글이 잘 어울려 문장이 된다고 하였다. 나한테 가장 잘 어울리고 조화가 잘 이루어지는 것이 무엇인지를 잘 파악하고 찾아내는 것만으로도 반은 성공한 것이라고 한다.

만약 내가 좋아하거나 하고 싶은 것이 다양하게 많다면 좋기는 하지만, 그것을 다 받아들이기는 어려울 것 같다. 그중에서 유일하게 재미있고 내 성향에 잘 맞는지, 무엇을 가장 좋아하는지 마음의 소리에 조용히 문을 두드리는 것도 도움이 된다고 하였다. 내가 가장 좋아하는 것, 가장 자신 있는 것, 나랑 가장 잘 어울리고 나다운 길을 갈 수 있는 것에 집중하고 몰입할 수 있는 것이 어쩌면 내 인생의 발전 원동력이 될 수 있지 않을까 싶기도 하다. 많은 것을 잡다하게 늘어놓으면 정신이 분산되고, 에너지가 도처에 흩어져 아무것도 할 수 없고 성공하기 어렵다고 한다. 그렇다고 한 가지만을 선택하는 것을 미루고 시도조차 하지 않는다면 인생은 제자리걸음을 반복하고, 소중한 시간은 아무것도 상관하지 않고 앞을 내달린다. 그러면 꿈은 그냥 꿈일 뿐이다. 이루지 못하는 잠자는 꿈일 뿐이고 아무 대답도 손짓도 하지 않는다.

그 때문에 하지 않는 것보다 하는 편이 낫고, 생각하는 것보다 실천하는 것이 중요하단다. 흰 종이 위에 볼록렌즈를 갖다 놓고, 햇빛을 한곳에 모으면 얼마 지나지 않아 그 빛이 한곳에 집중되면서 불꽃이 일어나는 것처럼 말이다. 무엇이든 한 방향으로 집중하고 몰입하면 임계점에 도달한다고 하였다. 무엇이든 임계점에 도달하려면 수많은 실패와 실수로, 도전하고 넘어지고 일어서기를 반복하면서 소중한 경험을 쌓고 이겨내야 한단다.

종이 위에 기적이라는 말이 있듯이 정확한 목표와 실현할 날짜를 적고 그것을 매일매일 실천하면서 머릿속에 그려야 한다. 목표를 쓰고 읽기를 반복하다 보면 어느새 무의식에 저장되어 내 몸 안의 세포들이 그것을 받아들이고 목표를 향해 꿈틀거리기 시작한다고 하였다.

기적이 있어서 내가 있는 것이 아니고, 내가 살아 숨 쉬고 있는 모든 곳이 기적이라 할 수 있지 않을까. 이 세상에 태어난 나 자신이 기적이고 최고의 자산이기도 하다는 걸 명심하였으면 좋겠구나."

"와, 우리 엄마 예전에 내가 뭘 하고 싶다면 그냥 알아서 해. 라고 귀찮아하시더니."

"음, 이건 다 독서하면서 배운 거란다. 엄마가 책에 조금이라도 공들이지 않았더라면, 이렇게 말할 수 없었을 거야, 세상에 공짜가 없듯이, 아무도 그냥 가르쳐주지 않는단다. 하지만 엄마가 하는 말은 그냥 조언일 뿐이고 선택은 네가 하는 거야. 엄마는 너희가 지금처럼 항상 건강하고 잘 자라길 바랄 뿐이야. 아프지 않고 건강하게 잘 먹고 잘 놀면서 하고 싶은 것, 이루고 싶은 것이 있으면, 뜨겁게 온 열정을 다하여 이루어지기를 바랄 뿐이야.

성공하려고 열심히 노력하는 것보다 내가 좋아하고 원하는 것을 할 때, 노력보다 선택이 중요하다는 것을 느낄 때, 성공으로 가는 길은 훨씬 빠를 수도 있단다. 성공의 길을 공사하는 방법은 저마다 다르지만, 자신의 선택과 의지와 생각이 중요하단다."

성공은 공사 중이다. 성공하는 길이 외롭고 힘들지라도 신념을 가지고 앞으로 나아가면, 어느 날 최고의 내가 되어 있으리라고 생각한다. 한 번뿐인 내 삶을 누구도 대신할 수 없는, 그리고 지금 이 순간을 최선의 모습으로 살아가는 내가 되길 바라면서 오늘도 즐겁게 달린다.

좋은 질문은 답이 아닌 깨달음이다

어느 날, 호기심이 많은 유치원생인 딸이 초롱초롱한 눈빛으로
물어보았다.

"엄마, 참새는 왜 점프하면서 먹이를 먹어?"

"……"

"그럼, 나뭇잎은 왜 초록색 일까?"

"……"

"그게, 나도 잘 모르겠어."

"엄마는 무지무지 단무지야. ㅋㅋㅋ"

생기발랄한 딸의 웃음소리가 시원한 아침 공기를 뚫고 온 동네
를 날아다녔다.

그러고 보니 나는 모르는 게 한두 가지가 아니었다.

하늘은 왜 푸른색 일가? 사람의 피는 왜 빨간색 일가? 오징어의 피는 무슨 색 일가?

수많은 의문과 질문이 머릿속을 마구 스쳐 지나갔다. 그리고 이 모든 게 초등학교 수준의 문제라는 것이 나를 더욱더 작게 만들었다.

답답한 마음에 인터넷 선생님께 질문해보기로 하였다. 탁월한 답장에 연신 고개를 끄덕였다. 그리고는 혹시나 하는 마음에 '인생'이라고 검색해보았더니 '영원히 살 것처럼 배우고 내일 죽을 것처럼 살아라'는 문구가 눈에서부터 마음속까지 깊숙이 들어와 어둠 속의 한 줄기의 빛이 되어, 무지한 삶 속의 나를 반겨주는 것 같았다.

첫 눈에 반한, 이 책의 매력에 푹 빠져 인터넷으로 바로 구입하고 단숨에 읽어 내려갔다.

책 속에서 세상에는 배울 것이 차고 넘치는 거대한 학교라고 하였다. 변화하는 세상에서 현명한 방법을 구하기 위해서는 끊임없이 배워야 한다고 한다. 이 책은, 배움은 즐기는 삶이고 영원히 살기 위해서는 수많은 지혜를 배워야 삶을 영위할 수 있다고 하였다. 지루하고 무한할 것 같던 시간이 단 하루밖에 없다면 무엇을 하며 보낼 것이고, 지금까지 습관처럼 해오던 별로 중요하지 않은 일에, 귀중한 시간을 소비하지 않았는지를 뒤돌아보게 하는 순간이다. 유대인들은 지금도 오늘만을 생각하며 산다고 하였다. 내일을 만드는 오늘을!

이 한 권의 책이 내 인생을 변화시켜주는 전환점이 되었고, 마흔에 들어서면서부터 생각의 뿌리에 영양을 심어준 소중한 책이 되어주었다. 오늘도 나는 스스로 질문하고 자신을 돌아보는 시간을 갖는다. 내가 원하는 삶을 살려면 지금 무엇부터 시작하고 준비해야 하는가? 오늘 하루를 헛되이 보내고 있는가? 나에게 남은 시간이 단 하루밖에 없다면 무엇을 하며 살 것인가?

호기심이 많은 어린 딸아이의 질문이, 내 인생의 질문으로 옮겨와 머릿속을 바쁘게 만들었다. 그동안 아무렇지 않게 살아온 내 삶을 되돌아보게 되었고, 나는 아는 것이 아무것도 없는 사람이었다. 내가 지금 열심히 달리고 있는 방향을 내다보니 순간 마음을 놀라게 만든 것이 있었다. 그건 바로 앞날이 보이지 않았고 도착할 목적지와 내일이 없는 것 같았다.

'아무것도 하지 않으면 아무 일도 일어나지 않는다'는 문구가 있다. 나는 다시 시작하기로 결심했다. 그리고 곰곰이 생각해 보았다. 그동안 내가 왜 자신에 대한 질문을 하지 않고, 사는 대로만 살아왔을까? 호기심과 질문이 없는 삶은 성장을 멈춘 것과 다름없다고 하지 않았는가. 어린 딸의 호기심과 질문을 통해 답이 아닌 깨달음을 얻은 것 같았다. 내 삶은 찾아 나서는 길을.

배움에는 끝이 없다고 한다. 배움과 질문에는 나이가 존재하지 않는 것처럼 말이다. 나이가 많아서 질문이 줄어드는 것도 아니고, 나이가 많아서 아는 것이 많은 것도 아니다. 우리는 세상이라는 거대한 학교에서 배울 것이 차고 넘친다. 어른이든, 아이든, 자연에서든, 배움이란 곳곳에 담겨있다. 질문이란 그물을 만들어 그것을 건져 올려야 한다는 것을 오늘에야 뒤늦게 깨달았다. 삶을 나아가게 하려면 나와 마주하는 시간을 가지고, 원하는 삶을 살려고 노력하려면, 사소한 질문으로 시작하여 모든 것이 혼자 있는 고독에서부터 이루어지는 것이 아닐까 되뇌어보면서 오늘 하루를 시작한다.

나를 살리는 글쓰기

독서는 내가 배우고 사색하고 터득하는 과정이라면, 글쓰기는 내 고민을 종이 위에 털어내고 쏟아붓는 과정에서 마음속에 끼어 있는 잡초와 찌꺼기들을 깨끗이 치우고 청소해 주는 친구 같은 존재라고 할까? 아무튼.

나에게 글쓰기는 또 다른 세계를 함께 여행하고, 내 마음속의 고민을 편하게 들어주는 유일한 친구라고 할 수 있다. 그리고 글쓰기는 고민의 말을 조용히 들어주고, 속상한 마음을 읽어주는 소중한 친구 같은 존재이기도 하다.

책 한 권에 담긴 작가의 탁월한 생각과 아름다운 문장에 매료되다 보면, 시간이 어느새 덩어리 채로 날아 가버린 느낌이다. 작가가 한 권의 책 속에 남겨놓은 살아온 날들과 삶의 흔적을 들여다보면서, 나도 언젠가는 기억의 문을 더듬어 나의 과거를 찾아 나서서, 그동안 힘들게 살아온 지난날을 한 권의 책 속에 담아놓아야겠다는 생각이 들었다.

그 후, 내가 글을 쓰기 시작하면서부터 아이들도 엄마의 열정을 적극 지지해 주었고, 자기의 밥그릇은 각자 알아서 씻었다. 그때로부터 우리 집에 작은 변화가 조금씩 일어나기 시작하였다. 글쓰기에 집중하면서 아침저녁으로 아이들한테 해온 간섭과 잔소리가 조금씩 줄어들면서 여기저기 흩어진 에너지를 절약할 수 있었다.

글쓰기는 잔잔한 파도와도 같다. 글쓰기에 몸을 담그다 보면, 그동안 마음의 밑바닥까지 잠겨있던 생각을 끌어올리기도 한다. 하얀 종이 위에 연필이라는 지팡이를 짚고 까만 발자국을 찍어가면서 맘껏 춤추고 상상의 글 조각들을 모아, 나만의 세계와 우주를 만들어가는 흔적을 남기기도 한다. 연필을 통해 종이 위에 내 마음 구석구석까지 그려놓은 생각들을 들여다 볼 수 있게 되어 정말 다행이었고, 수많은 비밀을 마음껏 털어놓으면 그 글들이 모여서 나만의 창조의 공간이자 무한히 펼쳐지는 자유의 광장으로 변신해 주기도 하였다.

때론 글쓰기는 내 마음 깊은 곳곳의 아물지 않은 아픈 상처를 문질러주고, 고통을 들어주는 치료제가 되어 주기도 하였다. 혹시라도 생각의 기력이 떨어지거나 지치게 되면 생각의 뿌리에 영양가를 주는 포도당으로 변신하기도 하였고 비타민이 되어주기도 하면서 하루의 피곤함을 가셔주고 바닥난 에너지를 끌어올려 주는 충전기와 같은 존재가 되기도 하였다.

그런 고마움을 잊지 않기 위해 나는 매일 꾸준히 글쓰기에 매달렸다. 가끔씩 머릿속을 제 멋 대로 찾아왔다 다시 사라지기를 반복하는 아이디어나 좋은 생각들이 떠오르면, 순간 포착하여 재빨리 종이 위에 찍어놓기도 하면서 말이다. 때론 글을 쓰다 생각이 떠오르지 않을 때는 머릿속의 생각 세포들을 총동원해보기도 하고, 커피 한 잔의 여유로 몸의 세포들을 다시 깨우거나 창문을 열어 시원한 공기를 들이마시고 머릿속을 가글해 내기도 하였다.

우리는 집이라는 공간 외에 바깥에 나가면 어떤 상황에 부딪히거나 어떤 사람을 만나느냐에 따라 여러 가지 가면이라는 틀을 쓰고 다닌다. 가면 뒤에 숨겨진 나 자신을 보호하고 지키기 위해서라도 어쩔 수 없는 선택을 하면서 말이다. 혹시나 온전한 내 얼굴과 마음의 민낯을 보이기라도 하거나 들키기라도 한다면, 무슨 비밀이라도 발각된 사람처럼 불안해하고 쑥스러워하기 때문이기도 하다. 내가 바로 그런 사람이다. 하지만 글쓰기를 하는 시간만으로 온전하고 완전한 나 자신을 들여다보고 돌아보는 순간이 되기도 한다. 하얀 백지 위에 나를 있는 그대로 드러내고 지켜만 봐도 마음이 편안해진다. 글쓰기로 하루의 피곤함을 풀고 들떠있는 내 마음을 가라앉히면서, 복잡하게 흘러 다니는 생각들을 종이 위에 꼼짝 못 하게 묶어놓기도 한다.

> 나는 자신이 어떤 사람인지, 무엇을 생각하는지 쓰지 않고서는 알 수가 없다.
>
> -무라카미 하루키

처음에 글을 쓰면서 웃기고 신기한 건 몇 줄도 안 되는 글을 쓰는 사이에 두세 시간이 눈 깜빡할 사이에 훌쩍 지나갔다는 것이다. 엉터리 글을 쓰면서도 많이 쓰지는 못했지만 싫지는 않았다. 머릿속에서 한 개의 단어를, 한 줄의 문장을 끄집어낼 때마다 무언가를 만들어냈다는 순간이, 기쁘고 즐거웠고 재미있고 뿌듯하였다. 그동안 파묻혀 왔던 기억의 문을 더듬거리며 찾아 나서면 내 이야기 재료들이 생각의 문을 통과해 문자로 변신하여 하나둘씩 세상 밖으로 튀어나왔다.

이 기분과 느낌은 영화나 드라마를 볼 때와의 재미와 달랐고, 친구랑 술 마시고 수다를 떠는 즐거움과도 전혀 안 닮았다. 그 동안 인터넷 장바구니에 담아놓았던 사고 싶은 물건과 옷가지들을 소유한 기쁨과도 완전 다른 느낌이다.

뭐라고 할까? 성취감? 자존감? 자기 만족감? 누구도 대신할 수 없는 나만 알고 있는 그런 기쁨과 설렘 같은 거였다.

시계는 시간을 통해 자신을 알리고, 빛은 밝음을 통해 환해지듯이, 글쓰기는 연필을 통해 하얀 종이 위에 내 마음을 그려내는 것 같았다. 나는 글쓰기를 통해 마음속 깊이 숨겨진 또 다른 나를 발견하였고, 글쓰기라는 방법을 통해 그동안 잊고 지냈던 많은 추억과 지나간 자신을 다시 되돌아보게 되었다. 그리고 글쓰기라는 도구를 통해 내가 이 세상에 남겨놓을 새로운 꿈과 또 다른 희망의 씨앗을 품어보기도 하였다.

바쁜 삶을 살아가면서 힘들고 지칠 때 글쓰기는, 내 마음을 토닥토닥 위로해주는 따뜻한 친구가 되어주었고, 마음의 독소를 뱉어내면서 삶의 아픔을 보듬어주고 치유해 주기도 하였다. 나한테 글쓰기는 집에 와서 무거운 가면을 벗고 아무것도 걸치지 않은 것처럼, 마음의 가벼운 옷으로 갈아입은 듯이, 평화롭고 편안함 속에서 온전한 자신을 마주하고 바라보는 시간이기도 하다. 글쓰기는 항상 내 편이 되어주고 내 마음을 알아주는 유일한 친구이다.

희망을 안고 소망을 이루기 위해 쓰는가 하면, 힘든 세상 속에 살면서 자신을 구원하기 위한 현명한 선택을 하기 위해서이기도 하다. 그 때문에 우리는 글을 써야 하는 시대에 어쩌면 잘 태어난 것 같다. 쓰면서 성장하고 쓰면서 이루어지는 것처럼 말이다. 글쓰기는 나를 살리고 내 생각을 바꾸어 놓기도 한 비타민 같은 존재이다. 이처럼 글쓰기의 매력은 나를 점점 빠져들게 만든다. 깊숙이 지금, 이 순간처럼.

두 번째 사춘기에 들어선 엄마

인생은 무지개처럼 색깔이 다양하다. 사람들은 일생을 여러 가지 이야기들로 꾸며간다. 나 역시 두 아이의 엄마로서 돈을 벌고, 집안일 하고, 가족과 함께 인생이라는 한 페이지를 아무렇게나 넘기지 않으려고 노력하는 중이다.

오늘도 어둠이 대지에 차츰 내려앉을 무렵, 우리 가족은 여느 때와 마찬가지로 식탁에 옹기종기 모여앉아 저녁 식사를 하고 있었다.

무신론자의 나는 불교에 관심이 있던 터라 꾸역꾸역 밥을 먹고 있는 큰애한테 질문했다. "아들, 만약에 말이야. 다음 생이 있다면 우리 엄마와 아들로 다시 만날래?"

밥 한술 떠서 입가에 가져가려던 그때, 큰애는 숟가락을 다시 그릇에 내려놓더니 천정을 올려다보며 "하아~"하고 한숨을 내 쉬는 게 아닌가?

엄마는 독서를 열심히 하더니 불교에 관한 독서를 하는 게 아닌가 하는 표정으로 말이다.

순간 어이없고 화가 스멀스멀 머리끝까지 치밀어 오르던 나는 마음을 꾹 누르고 집요하게 다시 입을 열었다.

"왜? 다음 생에 다시 태어나면 엄마랑 만나기 싫어?"

"그건 나중에 생각해 볼게."라고 귀찮은 표정으로 내뱉고는 자리에서 일어났다.

이게 우리 집의 첫 번째 사춘기를 시작한 중1 병 아들과 두 번째 사춘기에 들어선 마흔 살 엄마와의 대화라고 할 수 있겠다.

첫 번째 사춘기에 들어선 아들이, 아이에서 어른으로 성장하는 여정을 시작한 모양이다. 귀차니즘, 무기력, 방황과 방향을 잃어가면서, 어쩌면 자기다운 모습을 찾기 위해 인생이란 다리 위에서, 고독과 외로움으로 자신을 향한 싸움을 시작하였을지도 모른다. 두 갈래의 갈림길에서 '나'로 빨리 돌아올 수도 있고 '나'를 잃어버릴 수도 있는 시기인 것 같다.

마침 두 번째 사춘기에 들어선 나는 그동안, 내가 누구인지도 모른 채 삶에 끌려다녔고, 대체 무엇을 위해 사는지 알지도 못한 채 덩달아 살아온 자신이 부끄러웠다. 그동안 삶 속에는 내 이야기가 존재하지 않았고, 삶이라는 한 폭의 풍경 속에는 '나'가 없었다. 당연히 마음속에 '나'라는 실체가 없으니, 그림자도 흔적도 남아있지 않은 뿌연 먼지와 같은 삶을 살아온 거나 다름없다.

두 번째 사춘기라는 고독과 외로움을 마주하면서, 잃어버린 나를 찾아 나섰다고나 할까? 어쩌면 나 자신도 자기다운 모습으로 성장하고 발견하기 위한 길을 선택하여, 새로운 길을 탐색해 나섰을지도 모르겠다. 사춘기 엄마와 사춘기 아들, 한 지붕 아래 사춘기를 앓고 있는 사람이, 두 명이나 존재한다는 생각만 해도 힘들고 버거운 사실이지만, 그래도 부모가 먼저 인정하고 이겨내야 한다고 하였다.

나는 그동안 내가 좋아하는 게 무엇인지 원하는 것이 무엇인지를 잊고 살아온 것 같다. 아니 그냥 나 자신을 내버려 두고 소중히 여기지 않았다고 해야겠다. 내 인생에 필요한 게 무엇인지 알아야 자신한테 맞는 공부를 선택하고 시작할 수 있는데도 말이다. 원하는 것을 이루려면 가장 소중한 순간이 "지금, 여기 이 순간"이라고 하였던가? 마흔, 두 번째 사춘기에 들어선 나는 그렇게 인생의 두 번째 여행의 시작을 한 것 같다. 사춘기란, 나를 찾아 나서는 길에서 방황하고 방향을 잃기도 한다. 또 그렇게 나를 잃어가면서 나를 발견하는 시간이기도 한 것처럼.

사춘기란, 어쩌면 차가운 겨울을 마주하는 것과 비슷한지도 모르겠다. 삶이라는 추위를 외롭게 견디면서 얼어붙은 마음을 조절하기엔, 자꾸만 미끄러워 넘어져 다치는 상처라고 할까?

오늘 오랜만에 아들과 함께 하는 시간을 따로 가져보기로 하였다. 운전하면서 옆자리에 앉은 아들이 좋아하는 음악에 관심을 가져보기도 하고, 좋아하는 간식도 함께 나누어 먹기도 하면서 말이다. 고속도로를 달리며 우리는 신나는 음악에 맞춰 아름다운 풍경과 함께하면서, 즐거운 시간과 의미 있는 순간을 보냈다. 방긋 웃는 모습을 한 해님도 유리창을 통해 어깨너머로 마음 안까지 따뜻하게 비추어주는 것 같았다.

노력보다 선택이 중요하다

오늘따라 잠들기 싫어하는 두 아이를 위해 나는 이야기를 들려주기로 하였다. 그동안 항상 바쁜 일상에 지치다 보니 밤 9시가 되면 무조건 전등부터 껐다. 하지만 글을 쓰기 시작하면서부터 아이들에게 독서가 얼마나 중요한지를 한층 더 깨닫게 되어, 오늘도 고단함을 뒤로하고 책을 펼쳤다. 다 읽은 후에도 잠들지 않으면 질문을 던져, 상상 속에 아름다운 날개를 달아주며, 호기심을 끌어내기 위한 질문을 해, 생각의 깊이와 넓이를 더해주었다.

가을의 한 농촌 마을, 두 농부가 논에서 열심히 벼를 베고 있다. 한 사람은 허리를 펴는 법 없이 계속 벼를 벴다. 그러나 다른 한 사람은 중간마다 논두렁에 앉아 쉬었다. 노래까지 흥얼거렸다. 저녁

이 되어 두 사람이 수확한 벼의 양을 비교해보았다. 틈틈이 논두렁에 앉아 쉬었던 농부의 수확량이 훨씬 더 많았다. 쉬지 않고 이를 악물고 열심히 일한 농부가 따지듯 물었다.

"난 한 번도 쉬지 않고 일했는데 이거 도대체 어떻게 된 거야?"
틈틈이 쉰 농부가 빙긋이 웃으며 대답했다.
"난 쉬면서 낫을 갈았거든."

- '논두렁에 앉아 낫 갈기'

위의 이야기를 보면서 아이들에게 가르치기 전에 잠시나마 나 자신을 먼저 살폈다. 어쩌면 그동안 나는 무딘 낫을 들고 온 종일 바쁘게 움직이고 끊임없이 일만 하면서, 내가 최선을 다해 인생을 살고 있다고 착각하였을지도 모른다. 아니 그렇게 살고 있었다.

우리는 매일 수많은 선택 속에서 살아가고 있다. 무엇을 선택하느냐에 따라 우리의 인생이 달라지고, 어떤 것을 선택하느냐에 따라 오늘과 내일이 달라지기도 한다. 선택하지 않고 열심히 노력하는 것은, 일은 열심히 하여도 낫을 갈지 않은 사람의 수확량은, 즐기고 노래하면서 일한 사람보다 많지 않은 것처럼 말이다.

예전부터 설거지하면서 한꺼번에 혹은 시간을 절약하기 위해,

돌솥에 붙은 누룽지도 수세미로 빡빡 닦으며 힘을 준 기억이 있다. 그럴 때는 따뜻한 시간이라는 물을 붓고 기다리면, 알아서 떨어져 나가는데, 조급한 마음이 오히려 몸과 마음을 지치고 힘들게 한 경우다. 열심히 죽어라 일만 하는 사람은, 일의 즐거움을 모르고 스트레스로 일하는 것이라고 한다. 노력보다 더 중요한 게 있다면 그것은 선택이 아닐까 싶다.

마흔에 들어서는 어느 날 내가 몇 년 전의 삶과 지금의 삶이 달라지지 않음을 느꼈다. 반복되는 삶 속에서, 똑같은 일상을 보내고 비슷한 생각을 하면서 살아온 것 같았다. 어제의 삶이 오늘의 나를 만들었다는 말도 있지 않은가! 만약에 지금, 이 순간도 무언가를 선택하지 않고 열심히 일만 하고 똑같은 삶을 살아간다면, 5년 후 10년 후의 삶도 그대로일 터이다.

인생에서 가장 슬픈 일은 그 마지막에 도달했을 때 후회하며 돌아보는 것이다. 그때 가서 당신이 더 많은 것을 하고, 더 많은 것을 갖고, 더 나은 사람이 될 수 있었다는 것을 알아봐야 소용없다.

-로빈 샤르마

시간은 지금도 소리 없이 흘러가고, 내일이라는 시간은 조용히 마주 오고 있다.

무엇을 배우고 공부하든지 언제나 선택이 중요하다. 일을 얼 만큼 많이 하고, 열심히 했는지가 중요한 게 아니라, 내가 좋아하는 일을 선택하여, 매 순간을 즐겁게 보내면서 성장하는 삶을 살아가는 것이 더 중요하다. 만약, 무엇이든지 열심히 했는데도 진보가 느리고 고개가 갸우뚱해진다면 방법이 잘못되었을 수 있다고 한다.

그럴 때에는 혼자만의 시간을 내어 산책하거나, 등산하거나, 도보로 강 옆이나 공원을 걸으면서 마음의 소리에 조용히 귀를 기울이면 좋을 듯싶다. 내가 지금 하고 있는 일이 원하는 꿈을 이루기 위한 것인지, 당장의 안락함에 기대어 만족을 느끼기 위한 것인지, 아니면, 내가 좋아하는 일이 아닌 다른 사람에게 잘 보이려고 애쓰는 일인지를 한번쯤 생각해 볼 필요가 있다.

예전에 공장에 다닐 때, 내 딴에는 그렇게 많은 일을, 손으로 빨리빨리 움직이며, 최선을 다해 열심히 노력하여 주어진 임무를 다 완성했다고 생각했는데, 정작 회사에서는 만족이 없었고 다른 사람들의 표정에는 어두운 그늘이 드리워져 있었다. 스스로의 부풀었던 행복한 착각 속에 점차 김이 빠지면서 이게 대체 누구를 위한 삶이고 누구를 위한 일인지 헷갈렸다.

그럴 때마다 이 일이, 이 선택이 과연 나 자신을 성장의 계단으로 오르게 하는 길인지, 나만의 고독과 사색으로서 가끔 해결 방법이 '짠~' 하고 나타나길 바랐고, 잠깐만이라도 혼자만의 여행을 자주 하면서 자신을 돌아보고 찾아나서는 해결 방법을 구해보기도 하였다.

나를 사랑하고 삶의 주인으로 산다는 것은, 내가 다른 사람에게 잘 보이기 위한 것이 아닌, 내가 좋아하는 일을 하고, 나만의 가치를 발견하는 것 또한, 나 자신에게 주는 행복이고, 기쁨이 아닐까 싶다.

위 이야기에 나오는 농부는, 틈틈이 앉아 쉬어가면서, 낫을 가는 방법을 선택해, 즐겁고 유쾌하게 일하면서도 수확량이 더 많은 것은, 노력보다 선택이 중요하다고 말하는 이유에서다.

두려움, 어서 와 내가 곁에 있어 줄게

인생은 문제 해결의 연속이라고 하였던가. 우리는 수많은 문제 속에 살아가면서 문제에 부딪히면, 문제를 회피하거나 두려워하기도 한다. 어른이나 아이 할 것 없이 처음 시작하는 낯선 환경이나 상황 앞에서는 똑같이 두려움을 느낀다. 두려움을 이겨내고 극복하는데 필요한 것은 도망가거나 회피가 아닌, 문제를 직시하는 작은 용기에서부터 시작되는 게 아닐까 싶다.

우리 집에서만 봐도 그렇다. 식구들이 나름대로 두려움을 안고 살아간다. 초등학교 1학년인 딸은 언제 나타날지 모르는 아주 조그마한 날벌레를 봐도 비명을 지른다. 사춘기에 들어선 중2인 아들은 기말고사 앞에서 시험문제만 봐도 두려움과 공포를 느낀다고 한다.

시험 공포증이 있는 건 나도 마찬가지인데, 공부를 더 열심히만 잘했어도 두려움은 멀리하는 데도 말이다. 하나뿐인 남편은 다시는 술을 마시지 않겠다고 선언한 지 얼마 안 돼, 친구나 회사 동료들이 전화 오면 슬며시 문밖을 나선다. 그리하여 내 편이 아닌 남편이라고 부르는가 싶기도 했다. 하지만 병원 건강검진 결과에서 간이 안좋아서 술을 끊으라는 의사의 한마디의 말에 두려움과 불안한 모습을 보이기도 하였다.

큰아이가 사춘기에 들어서면서부터 우리는 조금 큰 집으로 이사를 했다. 그랬더니 밤이 되면 아이들이 혼자 전등을 켜고 화장실 가기를 무서워하였다.

그러면 내가 "너희들 때문에 진짜 못살아."라는 말이 저절로 입밖으로 튀어나왔다.

그러면 아이들이 "엄마, 언제는 우리 때문에 산다면서요."라고 받아넘기곤 하였다.

처음으로 아이들을 데리고 한국에 왔을 때 모든 두려움에 휩싸여 지냈다. 남편이 매일 회사에 출근한 다음 날에는 낯선 길, 낯선 골목이 두려웠다. 아는 사람이 없는 것이 두려웠고, 앞으로 살면서 부딪칠 수많은 문제를 생각하니 막막하기만 하였다. 아이들이 아파도 병원으로 가는 길이 익숙하지 않았고, 애들을 각각 어린이집과 학교에 보내기 위한 방향을 향해 가는 발걸음이 무거웠다. 회사에

면접을 가야 되는 낯선 환경이 두려웠고, 아이들이 친구들과 잘 적응할 수 있을지에 대한 수많은 걱정이 앞을 가렸다.

처음에는 두려움에 쩔쩔매기도 하였고 움츠려들기도 하였다. 하지만 두려움은 숨을수록 더 커져만 갔다. 누구에게나 인생은 처음 살아보는 것이고, 모든 시작에는 처음이 있다고 한다. 나도 그렇게 낯선 환경에서 처음으로 시작해, 문제에 부딪히고 실수하면서 조금씩 앞으로 걸음을 옮겼다. 많이 서툴고 어색하고 두려움이 앞을 가로막았지만, 그럴 때마다 작은 용기를 내어보았다. 한 번, 두 번 실패하면서 앞으로 나아가니 자신감이 생기기 시작하였고, 작은 경험들이 쌓이면서 점점 익숙해져갔다. 지금은 '두려움, 어서 와 내가 곁에 있어 줄게.'라고 말하면 오히려 멋쩍게 도망가는 것 같았다.

두려움이 없는 것이 용기가 아니다. 그 두려움을 이기는 것이 용기인 것이다.

- 괴테 -

크거나 작다고 할 것 없이 매일 수많은 선택 속에서 쏟아져 나오는 문제를 해결하고 나면, 또 다른 문제가 나타난다. 매일 문제를 해결해 나가는 것이 인생이고, 살아있는 증거가 아닐까 싶다. 중요한 건 문제를 극복하고 해결하는 방법은, 외부가 아닌 내면에 존재한다는 것이다. 문제에 부딪치면 문제를 두려워하기보다, 문제에 도망가거나 회피하는 대신, 문제를 직시하거나 받아들일 때 마음에 갇힌 두려움의 그림자가, 서서히 사라진다.

문제를 잘 풀어가려면 다른 사람의 말에 끌려가지 않고, 나만이 해결할 수 있는 방법을 잘 선택하여 슬기롭게 헤쳐나가면서 나를 돌아보는 것이라고 한다. 문제를 해결하는 순서는, 문제를 인정하고, 너부터가 아닌 나에서부터, 네 탓 아닌 내 탓으로 돌리면 문제 해결이 어느 정도 완화되지 않을까 생각한다. 내가 여기에 존재함으로써 문제가 생기고 나와 관련이 있으면, 그것을 빨리 알아차리고 인정하고 받아들이면서, 해결 방법을 찾아 나서야 한다고 하는 것처럼 말이다.

문제의 원인은 나만큼 아는 사람이 없고, 당사자인 내가 제일 잘 알고 있다. 항상 나 자신을 믿고 나를 인정할 때, 문제를 조금씩 풀어나가는 용기가 나의 존재감을 찾아 주기도 한다. '두려움, 어서 와 내가 곁에 있어 줄게.'

마음의 통로

저녁준비를 하려고 밥솥에 밥을 지었다. 아침에 못 다한 설거지가 꾀죄죄한 모습으로 싱크대 안에서 살며시 모습을 드러냈다. 여기저기 제멋대로. 내가 아직 씻겨줄 마음도 준비도 되어 있지 않는데. 삶의 무게에 짓눌려 마음이 지쳐있었다. 요즘 들어, 가끔 그럴 때가 있다. 별일도 아닌 일이 자꾸만 머릿속에 굴러다니면서 갑자기 찾아오는 불안감과 불편한 마음이 드는 순간들이 조용한 삶을 깨트린다.

이럴 때 정말이지, 우울하거나 생각지도 못한 일에 화가 날 때면 손에 쥐여져있는 그 무엇이라도 던지려고 팔을 드는 순간 아, 이거 비싼 거지. 하고 너스레를 떨며 도로 내려놓는다.

가끔씩 나도 모르게 끓어오르는 분노라도 있다면, 설거지를 하는 그릇들이 대신 받아주었다. 힘이 들어간 손에 맡겨진 그릇들은 매번 짤그랑 탕탕하며 저들끼리 부딪치는 소리가 온 집안의 공기를 아프게 긁어놓는다. 두려움에 떨어 비명을 지르고 있는 것 같은 그릇들이 그렇게 음식물찌꺼기와 함께 나의 스트레스를 조금씩 물로 씻겨주면서 말없이 위로해주고 지켜주었다.

그렇다면 도대체 무엇이 나를 이토록 화나게 만들었을까? 큰아이가 첫 번째 사춘기에 들어서면서부터 두 번째 사춘기에 들어선 나는 별것 아닌 일에 기쁘고 별것 아닌 일에 행복해하고 별것 아닌 일에 한바탕 웃어대며 즐거운 하루를 보냈었는데 오늘은 별것 아닌 일에 화나고 별것 아닌 일에 서러워서 못살겠고 별것 아닌 일에 삶에서 뛰쳐나가고 싶은 심정이다. 뭐랄까? 내가 이 세상에 태어나면서 삶에 끼어들기 전으로 도망치고 싶어진다는.

그러면 두 번째 사춘기가 지나고 혹시 오 춘기라도 온건 아닌지 모르겠다. 그렇지 않고서야 변덕쟁이 날씨처럼 어떻게 갑자기 이렇게 변덕스런 행동을 할 수가 있단 말인가.

나는 가만히 생각하다가 연필을 손에 쥐고 노트에 이 상황을, 이 불만을, 이 고집스러움을 적어 내려가기로 하였다. 오직 글을 쓸 때만이 내 생각이, 내 혼란스러움이, 내 삶이 정리되는 순간이기 때문이다. 나도 모르는 이 감정을 글로 적어 내려가다 보면 종이위에 토해낸 글들이 지금의 현재의 내 모습을 그려내고 그렇게 나도 모르는 내 마음을 글을 통해 돌아볼 수 있고 내 생각을 읽을 수 있기 때문이 아닐까 싶다.

지금 이 순간의 감정의 총집합을 글로 써내려가는 과정에서 내 자신을 반성할 수도 있고, 있는 모습그대로의 나를 받아주기 때문이다. 그렇게 한 줄, 한 줄씩 적어 내려가면서 저 마음속 깊이 까지 들여다보고 부정적인 생각들을 긁어내는 순간이 다가오면 가끔 신기하게도 글을 쓰는 과정이 나를 치유해주는 순간으로 경험해보기도 한다.

이렇게 쓰다보면 처음엔 남 탓으로 돌리면서 상황을 풀어가던 과정에서 어느 덧, 모든 일의 근본 원인은 네 탓 아닌 내 탓으로 외부가 아닌 내면에서 일어나고 있음을 느끼는 순간들을 마주하기도 한다. 여기까지 나만의 생각의 세계에 빠져 쓰면서 허우적거리고 있는데 갑자기 전기밥솥이 칙칙 폭폭 하는 기차소리 같은 시동을 걸더니 고운 목소리로 방송하듯이 한마디를 내뱉는다.

"증기 배출을 시작합니다."라는 소리와 함께 모든 에너지를 한곳으로 긁어모아 하얀 김을 "칙~~~~~!"하고 뿜어냈다. 그 소리를 듣는 순간 나도 저 압력밥솥처럼 몸에 남은 스트레스를 한 곳에 집중하여 입으로 "후~~~~~~!"하고 내 쉬니 신기하게도 뱉은 숨소리와 함께 몸에 있던 부정적인 생각의 찌꺼기들과 스트레스가 함께 날라 가고 빠져나가는 것 같았다. 입속이라는 터널을 통해. 시원하게. 그렇게.

밥솥도 증기배출을 시원히 하고 나면 밥이 거의 다 익어가듯이 우리의 삶에서도 스트레스라는 독소를 제때에 시원하게 배출하여야 만이, 삶이 더 한층 가벼워지고 인생이 살만해진다.

사실 오늘 나는 다른 사람의 말에 스스로 걸려 넘어지면서 조그마한 삶에 상처를 내어주었다. 다른 사람과의 비교에 낮은 자존감이 고개를 기웃거렸고 그 사람의 생각에 휩쓸려갔다. 생각해보면 별것 아닌 일에 내뱉은 지나가는 농담일 수도 있는데 비좁은 내 마음이 부정적인 생각을 끌어들이면서 내 자신을 아프게 만들었다. 이렇게 평생 함께 해야 할 내 육체를, 내 정신을 사랑하지 않았으니, 건강한 삶을 사는 건강한 내가 될 수 없는 건 당연한 게 아닌가 싶기도 하다.

만약에 그 독소를 제때에 배출하지 못하면 몸이 아프고 삶의 무게에 짓눌리게 되면서 병이라는 또 다른 고통을 만들어 낼지도 모른다. 삶의 정리와 집안 곳곳의 정리가 잘 되어있지 않은 나로서는 오늘도 마음의 정리부터 시작해보려고 애쓰고 있다. 몸과 마음이 가벼워야 삶이 즐거워지고 조금 더 성장하는 삶을 자유롭게 살아가지 않을까 싶어서이다. 그런 일이 내게도 이루어지길 간절히 바라면서.

나는 외투를 걸쳐 입고 밤길을 나섰다. 복잡하고 어지러운 머리를 식혀주는 시원한 공기를 듬뿍 마시며 걷고 또 걸었다. 길가에 팔짱 끼고 다니는 연인들, 저녁 나들이 하는 가족들, 한 푼이라도 더 벌려고 열심히 장사하는 사람들, 여러 풍경 가운데, 알록달록한 화려한 불빛 속에서도 비교하지도 않고, 괴로움도 받지 않은 채 조용히 제 자리를 묵묵히 지키면서, 빛을 비추고 있는 희미한 가로등 불빛이, 유난히 아름다워 보였다.

밤이 깊어 가면 거리의 모든 것이 조용해지고, 화려한 불빛이 꺼질지라도, 저기 저 가로등 불빛만이 변함없이, 제자리를 묵묵히 지키면서, 주어진 임무를 다할 것이다.

나는 곰곰이 생각하면서 걷고 또 걸었다. 나도 저 가로등 불빛처럼 상황을 있는 그대로 받아들이고, 마음의 집착에서 벗어난다면 괴로움을 날려 보낼 수 있지 않을까?

귀밑머리로 살랑살랑 불어오는 바람에 괴로움을 날려 보내고, 아름다운 풍경에 몸을 맡겨 괴로움을 덜어내면서 걷고 또 걸었다.

괴로움을 원래 자리로 다시 돌려보내는 것이 어쩌면, 나를 구원하는 길이고, 자신을 사랑하면서 균형 잡힌 삶을 살아가는, 통로가 되지 않을까 싶다. 그렇게 오랫동안 걷고 걸으면서, 밤길에 괴로움을 조금씩 흘려보내고 나니, 무거웠던 마음이 훨씬 가벼워졌다.

인생이란 양면의 동전과 같다고 한다. 항상 즐거울 수도 없고 매일 괴로울 수도 없는 법. 삶의 기술과 노하우를 배우고 터득하면서, 한편으로 마음의 통로를 내주는 것이 좋겠다. 마음의 브레이크를 조절해가면서, 괴로움이 들이닥치면 밖으로 실어내 갈 수 있는 것처럼 말이다.

Part 03

영원한 내편, 가족

가족, 내 삶의 비타민

이 세상에 빈 몸으로 태어나 부모의 피땀과 눈물과 사랑을 마시며 귀한 딸로 자라났다. 어릴 때부터 가난 속에서 자라왔지만, 가족이라는 든든한 기둥이 있어서 나에겐 크나큰 행운인 것 같다. 부모가 기대하는 좋은 딸이 되지는 못했지만 말이다. 하지만 항상 올바르게 살려고 노력했고 사춘기에도 함부로 길을 잃지 않으려고 애써왔다. 어른이 되어 부모의 반대를 무릅쓰고 맘속에 그리던 사랑을 찾아 결혼하고, 한 남자의 아내가 되어 사랑하는 두 아이를 낳았다.

인생에는 연습이 없는 것 같다. 살아가는 순간순간이 경험인 것 같다. 모아 놓은 돈은 없고 아이들을 키워야 하는데, 남편의 얼마 안 되는 월급은 생활하는 데 턱없이 부족하였다. 태어난 얼마 안 되는 어린아이를 친정엄마한테 맡겼다. 그리고 그동안 옷가게를 해본 경험으로, 시장 곳곳에서 세일만 하는 옷을 싸게 사서. 값을 조금 덧붙여 닥치는 대로 팔았다. 의외로 옷이 잘 팔려서 돈 버는 재미가 쏠쏠하기도 하였다. 무엇보다 시간이 자유로워 그날 옷이 다 팔리고 나면, 아이를 다시 집에 데려와 돌볼 수도 있어서 좋았다. 그런 엄마의 마음을 읽기라도 하듯 아이들은 잘 먹고 잘 웃으며 기특하게 잘 자라주었다.

그리고 여느 엄마들처럼 빨리 커가는 아이들에게 새 옷 대신 주변 지인들에게서 물려받은 옷을 입혔고, 언니가 이사할 때 안 쓰는 가구들을 가져다 알차게 살림을 꾸려나갔다.

그동안 인생의 수많은 가시덤불을 헤쳐 오면서, 우리 가족은 힘든 삶 속에서도 웃음을 잃지 않고 행복하게 지내왔다. 그리고 우리 가족은 시금까지 나에게 정신의 버팀목이 되어주었고, 우리 부부는 어려운 삶을 이끌어 나가기 위해 열심히 달렸다. 그동안 소소한 일상을 행복하게 보내면서 외롭지 않게 보내온 것은, 바로 가족이라는 튼튼한 울타리가 있었기 때문이었다.

퇴근하면 지친 몸을 이끌면서 가족의 따뜻한 품으로, 보금자리로 돌아오는 순간을 생각만 해도 행복했다. 그러면 피곤했던 마음이 어느새 온데간데없이 사라지고 기분이 한결 가벼워지는 것 같았다.

부모란 자녀에게 사소한 것을 주어 아이를 행복하게 만들도록 만들어진 존재다.

-오그든 내쉬-

오늘도 퇴근하는 길에 잠시 생각을 멈추고, 저녁엔 가족들과 함께 무엇을 먹을까, 아이들이 좋아하는 간식을 어떤 거로 사 가면 애들이 신나 할까라고 고민해 보기도 하였다. 어쩌면 그 순간이 제일 즐겁고, 집에 가려는 발걸음을 더욱 빨리 재촉하게 했을지도 모른다. 이 세상의 엄마들이 흔히 자식에 대한 사랑으로, 아이들을 행복하게 만들도록 노력하는 비슷한 마음, 비슷한 생각을 가지는 것처럼 말이다.

어떤 날에는 햄버거로, 어떤 날에는 피자로, 어떤 날에는 통닭 튀김을 사 가면 아이들은 너무 신나서 환성을 지른다. 건강한 식탁을 위해 인스턴트를 멀리하려고 하지만, 가끔은 눈 한번 딱 감으면서 굳은 마음을 먹고 사버린다. 아이들이 맛있게 먹는 모습을 지켜만 봐도 배부르기 때문이다. 혹시나 애들이 아프기라도 하면, 밤을 새워 호호 불어가면서 아픔을 보듬어 주고, 조금씩 가라앉게 하려고 온 힘을 다하였다. 내가 어릴 때 우리 엄마가 항상 그렇게 해주셨던 것처럼.

이런 말이 있다. '행복한 가정은 행복한 세상을 만드는 원천이 된다.' 나에게 가족은 믿음이고 사랑이다. 힘들 때 몸과 마음의 충전소나 같은 존재라고 할까? 가족이 화목하고 건강하면 어딜 가나 행복하고 마음이 든든해진다. 가족, 내 삶의 비타민, 가족이 있다는 것은 어쩌면 외로운 혼자가 아닌, 함께 잘 살아야겠다는 삶의 버팀목과 같은 것 같다. 몸은 비록 잠시 떨어져 있어도, 마음은 한 곳에 연결된 안테나처럼, 어딜 가나 혼자가 아닌, 분신과도 같은 존재이기도 하다.

가족이라는 감사함과 행복함은, 오늘의 나를 더욱 밝고 환하게 비춰준다. 나에게 가족이란, 사랑이 숨 쉬고, 영혼이 편안하고, 즐거워지는 곳이 이기도 하다. 어쩌면 행복은 조금만 노력하고 마음을 기울이면, 손이 닿는 곳에 존재할지도 모른다. 손을 내밀면 머무는 그곳에. 항상 내 옆의 가까이에.

아낌없이 주는 사랑

부모가 자식에게 베풀어 주는 사랑이 아무 바람과 이유가 없듯이, 자식도 그렇게 배워 다음 세대에게 그대로 물려준다. 마치 자연이 우리에게 모든 것을 베풀어주는 것처럼 말이다. 아낌없이 주는 사랑은, 온 우주를 빛으로 가득 채우는 동시에, 원을 그릴 때처럼 시작이자 끝이 되기도 하면서, 우주 전체가 그렇게 사랑으로 둥글게 생겨나는 것이 아닌가 한다.

저녁 늦게 작은딸이 자려고 방에 들어가는 걸 보고, 나도 따라 살며시 옆자리에 몸을 뉘었다. 순간 작은 손이 내 어깨 위로 스쳐 지나가더니 팔베개를 해주는 게 아닌가! 나는 조그마한 가슴에 큰 머리를 쑥 들이밀었다. 그랬더니 두 팔로 꼭 껴안아 주면서 내 등을 토닥토닥 두드려주고, 머리를 쓰다듬어 주기도 하였다. 우유 냄새와 달콤한 향기가 풍기는 품에 안긴 나는, 나도 모르게 따뜻하고 포근한 사랑을 받고 있다는 걸 느꼈다.

그리고 살며시 입을 열었다.

"엄마가 좋아?"

"응! ㅋㅋ"

"왜 좋아?"

"그냥, 좋아."

"엄마는 가끔씩 다윤이한테 화내고 잔소리하는데도 좋아?"

"응, 내 엄마니까."

"미안해!"

"뭐가?"

"엄마가 아까 우리 다윤이한테 짜증 내고 화도 냈잖아?"

"괜찮아, 그때 외할머니도 엄마한테 화내고 잔소리했는데도, 엄마는 외할머니를 사랑하잖아. 다윤이도 엄마를 사랑해."

"정말? ㅋㅋ 엄마 딸로 태어나 줘서 고마워!"

"응~ 나도 엄마 고마워."

서로를 용서하는 것이야말로 가장 아름다운 사랑의 모습이다.

-존 셰필드

부모가 아무리 자녀의 거울이라고 하지만, 이럴 때면 꼭 마치 자녀가 부모의 거울인 것 같았다. 우리는 서로의 거울에 자신을 비추며 토닥여주고, 쓰다듬어주면서 함께 배우고 성장해 나간다.

두 팔은 안아주기 위해 있는 것이 아닐까 싶기도 하다. 꼭 안아줄 때 닫혀있던 마음의 문이 열리기 시작하고, 꼭 안아줄 때 고통과 두려움을 극복하는 순간이 되기도 한다. 꼭 안아줄 때 반쪽짜리 마음이 하나가 되는 것 같고, 서로 꼭 안을 때 안는 사람과 안기는 사람 모두의 상처가 치유되거나 행복해질 수 있음을 느낄 수 있다.

초등학교 1학년 입학을 앞두고, 친구들과의 관계를 슬기롭게 잘 헤쳐나갈 수 있을지에 대한 고민과 모든 것을 혼자서 씩씩하게 잘할 수 있을지에 대한, 여러 가지 걱정이 쏟아져 나왔다. 그럴 때마다 나는 꼭 안아주면서 정서적으로 따뜻한 대화로 용기를 충전시켜주려고 노력하였다. 걱정만 한다고 문제 해결이 안 되는 줄 알면서도 가끔은 잔소리를 늘어놓기만 했다. 그러다 어느 순간 말보다 안아주는 것이 훨씬 더 효과가 있지 않을까 생각해 보았다. 누가 포옹은 몸으로 표현하는 아름다운 사랑의 언어라고 하였던가.

삶의 때가 묻지 않은 깨끗하고 순수한 감정을 통해 나는 오늘도 감사를 배우고, 사랑을 하고 사랑하는 법을 배워 나간다. 어느 책에서 그랬듯이 하나님과 부모 사이에는 자녀가 있다고 하였다. 신과

더 가까이 친밀해 지기 위해 우리에게 천사를 보내주신다고 하였다. 햇빛 속에 눈살을 찌푸리면 작은 손을 내밀어 빛을 가려주었고, 가만히 눈물을 훔치면 어느새 작은 손이 슬며시 두 눈에 흐르는 눈물을 닦아주었다.

지금 천사가 내 옆에 와 있다는 걸 느끼게 해주는 아름다운 순간이다!

엄마가 꿈을 꾸면 아이가 달라진다

어느 날, 학교를 마치고 집에 돌아온 작은 아이의 얼굴에는, 전날과 달리 우울함이 가득 담겨 있었다. 항상 밝고 예쁜 얼굴로 생글생글하면서 웃던 아이의 모습이, 오늘따라 내 마음을 적잖이 놀라게 하였다.

큰애를 키울 때까지만 하여도 "왜 그래?" "무슨 일이야?" "무엇 때문인지 빨리 말해."라고 가슴 두드리며 아이를 다그쳤을 텐데, 둘째를 키우면서 생각을 조금씩 바꾸어 나갔다. 아이를 잘 키우려면 부족한 나 자신부터 변화해야겠다고 생각하면서 말이다.

나는 아이의 표정을 살피고 기다려주었다가 살며시 입을 열었다. "괜찮아, 무슨 일이 있든 엄마는 항상 우리 다윤이 편이야 알지? 음~ 오빠도 그렇고 아빠도 그래. 그러니까 속상해하지 마."라고 말했다. 그러면서 아이의 조그마한 마음에 무슨 일이라도 생기면, 이 세상에 너 혼자가 아닌 우리 가족 모두의 든든한 응원과 따뜻한 사랑이 가득 넘쳐나고 있음을 심어주기 위해서이다.

그러자 얼마 지나지 않아 아이는 훌쩍거리면서 울기 시작하였다. 얼마나 서러웠으면 울먹이면서 말하는 아이의 몸과 마음이 세차게 흐느끼면서 요동을 쳤다.

"오늘, 오광대 시간에 각시탈을 썼는데, A와 B가 나보고 귀신같다고 놀렸어요. 그리고 통근버스에서 A가 C보고 나를 때리라고 시켜서 때렸어요. 엄마, C가 아프게 때린 건 아니지만 내 마음이 아팠어요."라고 말했다.

나는 한참을 멍하니 있다가 훌쩍이는 아이를 안아주면서 마음이 미어지는 것만 같았다. 물론 아이들끼리 서로 부딪치고 싸울 수 있지만, 마음 한구석에서부터 서운함이 올라오는 생각을 머릿속에서 떨쳐낼 수가 없었다. 내 마음이 이렇게 괴로운데 아이의 마음은 얼마나 속상할까? 그래서 나는 머릿속에 떠오르는 생각을 먼저 말해주었다.

"다윤아, 주먹을 꼭 쥐고 다시 펴봐." 아이는 주먹을 쥐었다가 다시 펴기를 반복하였다.

"주먹을 꼭 쥐고 있으면 두 손은 서로 잡을 수 없어. 그러면 남을 다치게 하는 손이 되어버리지. 하지만 주먹을 펴면 어때? 두 손은 서로 악수도 할 수 있고 잡을 수도 있단다. 신기한 건 두 손을 활짝 펴서 마주하면 하나가 되고 기도 손으로 변신할 수 있단다."

"와, 엄마 정말 신기해."

"그렇기 때문에 친구가 주먹손을 하면 다윤이는 손을 펴서 다시 반사하고 안 받으면 되는 거야. 사람은 누구나 태어날 때부터 서로 다른 모습과 다른 생각, 다른 마음을 가지고 있단다. 학교에 다니면서 매일 좋은 일만 생기는 건 아니란다. 하지만 나한테 슬픈 일이 생길지라도 아까 주먹처럼 내 손을 어떻게 사용하느냐에 따라 내 마음이 달라지는 거란다.

내 마음은 내가 선택하는 거야. 손을 꼭 쥐고 있으면 주먹이 되고 활짝 펴면 기도손이 되는 것처럼 말이다. 그리고 학교에서 친구가 힘들어하면, 다윤이가 먼저 가서 도와주고 사이좋게 지내는 게 어때? 음~ 그리고 또 한 가지 친구가 상처 주거나 놀리면, 그건 다윤이가 한 말이 아니고 다윤이 마음에서 나오는 생각이 아니기 때문에 그 말은 다윤이거 아니야.

그러기 때문에 신경 쓰지 않았으면 좋겠어. 만약에 놀리는 말이 다윤이의 기분을 나쁘게 했다면 소리높이 '반사'하고 다시 보내면

돼. 나를 사랑할 줄 아는 사람은 내 마음을 괴롭히지 않는단다. 나를 사랑할 줄 아는 사람이야말로 다른 사람을 사랑하는 법을 알게 된단다. 그 때문에 먼저 나를 아끼고 사랑하는 사람이 되어야 하는 것이 중요하단다. 나를 사랑하는 사람은 다른 사람이 놀리거나 기분이 나쁜 말을 해도 흔들리지 않아. 그리고 기분이 나쁘면 친구들과 꼭 말을 했으면 좋겠어. 다시는 그러지 말라고. 우리 모두가 엄마 아빠의 소중한 아들딸이라고."

"응, 알았어. 엄마~ 다음부터 '반사'하고 소리높이 말할 거야."

그제야 딸의 모습은 한결 밝아졌고 내 마음은 조금씩 가라앉는 것 같았다. 첫째와 둘째를 키우면서 나는 많은 것을 깨닫고 배웠다. 물론 지금도 많은 부족함 속에서 매일 배움의 끈을 놓지 않고 조금씩 익혀가는 중이다. 처음에 큰아이를 키우면서, 많이 서툴렀고 부족하고 무지한 내 생각 그대로를 큰애한테 돌려준 것 같았다. 수많은 엄마가 '엄마를 처음 해보는 거라서'라는 말을 많이 한다. 우린 엄마를 처음 해보기에 처음부터 더 많이 배우면서, 아이들과 함께 소통하고 성장해나가는 것이 무엇보다 필요하지 않을까 생각한다.

내가 아이를 키우면서 함께 배우고 꿈을 꾸게 된 것은, 우리 아이가 다른 아이들보다 더 잘하고 더 똑똑해지려고 비교하는 마음에서 아닌, 그저 내 아이가 학교에 가서 잘 적응하고 열린 마음으로 바라보는 세상을 있는 그대로 받아들이기 위함에서이다.

> 이 세상에 문제아는 없다. 문제 가정, 문제 학교, 문제 사회가 있을 뿐이다.
>
> -교육가 닐

　그동안 나 자신도 모르게 어릴 때부터 받아왔던 가족이라는 울타리에서, 몸에 밴 습관과 교육 그대로를 잘못된 생각과 방식으로, 내 아이들에게 전달하고 가르쳐왔다.

　'푸름 아빠 거울 육아'에서는 '나뭇잎 하나가 떨어지려 해도 바람이 불어야 하고 바람이 불려면 지구가 돌아야 합니다.'라고 하였다.

　엄마가 꿈을 꾸고 배우기 시작하면서 아이들도 조금씩 달라지는 것 같았다. 예전에는 "왜 그래?"에서 질문만 하던 대신, 지금은 "괜찮아."라고 바꾸고, "미안하다."라고 하는 대신 "사랑한다."라고 말하기 시작하면서부터, 우리 집의 보이지 않던 변화가 행복을 실어 오기 시작하였다.

　엄마가 글을 쓰면서, 만화영화만 보던 아이들이 따라서 일기나 독후감을 쓰기 시작하였고, 엄마가 독서하면 아이들도 각자 자기 좋아하는 책을 찾아 읽기 시작하였다. 그러고는 엄마가 어떤 글을 쓰는지 궁금해하기도 하였고, 다 쓰고 나면 자기 전에 읽어달라고 조르기도 하였다. 우리의 정신이 책을 통해 조금씩 성장해간다면, 아이들의 맑은 영혼은 사랑이라는 거름을 먹고 자라나지 않을까 싶다.

한 그루의 나무가 건강하게 자라나려면 햇빛과 공기와 비와 바람이 모여서 좋은 영양분이 되듯이, 엄마가 꿈을 꾸면 아이들도 달라지면서 부모를 닮아간다. 부모가 아이에게 자유와 행복과 용기와 희망을 안겨주고, 따뜻한 품을 필요로 하는 포근한 보금자리가 되어주면, 든든한 나무처럼 우리 아이의 몸과 마음도 건강하게 무럭무럭 잘 자라지 않을까 생각한다.

꽃보다 아름다운 여인

"외할머니, 오늘 엄마가 울었떠요." 중국에 들어가신 지 얼마 안 되는 외할머니에게 영상통화 하면서, 둘째가 발음이 정확하지 않은 옹알이로 재잘거리며 일러바친다.

아이 둘을 키우면서 맞벌이하는 우리 부부가 고생하는 게 안쓰 러워진 엄마는, 1년 정도 애들을 봐주시겠다고 하시면서 보따리를 지고, 중국에서 한국에 들어오셨다. 몇십 년을 키워주신 은혜도 갚 지 못한 채 그저 받기만 한다. 그럴수록 더 열심히 일해 한 푼이라 도 더 벌려고 애쓰고 노력하였다.

전에 다니던 회사에서 점심을 먹고 매일 7시까지 일했다. 저녁은 따로 챙겨주지 않지만 4시쯤 되면 빵과 우유를 나누어준다. 그러면 가방 깊숙이 챙겨 넣고 매일 집에 가져오곤 하였다. 아이들이 함께 나누어 먹는 모습이 너무 귀엽고 기특했기 때문이다. 이 세상에 태어난 모든 생명은 탯줄을 끊자마자 사랑의 끈으로 이어지는 것 같다.

유난히 팥빵을 좋아하시는 엄마를 위해, 가끔은 퇴근할 때 일부러 편의점에 들러서 빵을 사가지고 오기도 했다. 손꼽아 기다리는 월급날이 돌아오면, 매달 용돈을 50만 원씩 챙겨드렸다. 월급을 적게 받을 때면 30만 원 드린 적도 있지만 말이다.

맨 처음에 한국에서 혼자 고생하면서 일하는 남편을 따라 애들 데리고 이곳에 왔지만, 언어의 소통이 될 수 있음에 감사했고, 한 가족이 오순도순 모여 살게 되어서 행복했다. 인심 좋은 이웃을 만나서 살만했고 언제나 잘 챙겨주시고 도와주는 친구 같은 언니들이 있어서 힘이 되었다.

쏜살같이 달리는 시간을 붙잡지 못한 채 어느덧 1년이 다 되어가고 있었다. 작은 아이는 어린이집에 익숙해져 가고, 큰애는 초등학교에 잘 적응해 나갔다. 엄마는 우리를 마음에 걸려 했지만, 자신만의 인생이 있으니 비행기 티켓을 끊고 중국으로 다시 들어가시겠다고 하였다. 나는 남편 몰래 가만히 200만 원을 드렸다. 돈을 안 받으시겠다는 어머니에게 고집을 꺾지 않고 호주머니에 깊숙이 넣어드렸다. 남편이 어머니를 공항까지 모셔다드리면서, 우리는 그렇게 또 아픈 이별을 겪어야만 했다. 울컥 쏟아져 나오는 눈물을 삼키면서 아이들을 인사시켰다. 엄마도 눈가가 촉촉해지시면서 귀염둥이들을 안아보고 어루만져 주시고는, 한 보따리의 부탁을 남겨놓고 떠나셨다. 엄마의 뒷모습이 안 보일 때까지 나는 손을 높이 흔들고 또 흔들었다. 엄마 미안하다고. 그리고 사랑한다고.

'부모은중경'에서는 부모의 은혜가 얼마나 깊은가를 10대 은혜로 나누어 설명하였다.

아이를 배어 지키고 호위하는 은혜, 해산에 임하여 출산의 고통을 감당하는 은혜, 자식을 낳고 근심을 잊는 은혜, 쓴 것은 삼키고 단것을 토하는 은혜, 마른 데를 피하고 젖은 데로 나아가는 은혜, 젖을 먹여 기르는 은혜, 좋지 않은 것은 씻고 가시는 은혜, 먼 길을 떠날 때 걱정해 주시는 은혜, 자식을 위하여 나쁜 일까지 감당하는 은혜, 끝까지 어여삐하며 불쌍히 여기고 사랑해 주시는 은혜이다. 이 외에도 수없이 많지만 말이다.

자식이란 그렇게 항상 어머니가 베풀어주시는 은혜에 보답 대신 빚지고 살아가는 존재들이라고 한다. 나는 무거운 마음을 이끌고 집에 들어와 바닥에 털썩 주저앉았다. 그리고는 엉엉 울었다. 나도 따라가고 싶어졌다. 내 마음 안의 조그마한 아이가 어리광을 부리고 발버둥질 치는 것 같았다. 하지만 나도 이젠 두 아이의 엄마가 되었고 가족이라는 책임을 다하기 위해 부모라는, 보호자라는 현실을 받아들이고 견뎌 내야 했다. TV를 보고 있던 4살 된 딸이 고사리 같은 조그마한 손을 내밀며 눈물을 닦아주었다. "엄마, 울지 마. 다윤이 호~ 해줄게."하고는 훌쩍 훌쩍하더니 나를 따라 울기 시작하였다. 나는 '미안해.' 하고는 어린 딸을 품속에 꼭 껴안아 주었다.

어느덧 해가 뉘엿뉘엿 저물어 가고 있었다. 비행기 멀미가 심하신 엄마가 많이 힘들지 않았는지를 걱정하면서 잠을 청하려고 이불을 폈다. 아이들과 함께 누우려는데 베개가 이상하게 딱딱하게 느껴졌다. 뭐지?

베개 속을 꺼내 솜 안에 몇 겹으로 둘러싸여 있는 천 조각을 하나씩 풀어헤쳤다.

순간 뭐라고 표현해야 할지, 목이 메어 말이 나오지 않았고 가슴을 부여잡았다. 애한테 눈물을 보이지 않으려고 입술도 깨물었다. 엄마는 그동안 매달 드린 용돈을 한 푼도 쓰지 않고 꽁꽁 모아서 편지와 함께 두고 가셨다. 편지에는, 애 둘을 키우느라 돈이 많이 필요할 텐데 바쁠 때 생활에 보탬이 되어 쓰라고 하셨다.

어느 책에서 한 시인은 "손가락이 열 개인 것은/ 어머니 뱃속에서 몇 달 은혜 입나 기억하려는/ 태아의 노력 때문인지도 모릅니다."라고 적었다.

부모의 사랑은 무엇과도 바꿀 수도, 비교할 수도 없을 만큼 크고 아름답고 위대하다. 자신의 모든 것을 바쳐서라도 자식에게 잘해주고 자식이 잘되기만을 바란다. 탯줄을 끊자마자 태아와의 마음의 끈을 더욱더 단단하게 묶어서, 자식을 보호하고 지켜주고 싶은 게 부모의 마음이고 사랑인 것 같다.

제목이 '넘치는 사랑'인데 아름다운 문장을 곱씹으면서 오늘도 나는 엄마와의 사랑의 끈을 다시 연결해본다.

'세상에 꽃보다 더 아름다운 여인이 있다. 하늘보다 더 높고 바다보다 더 깊은 마음도 갖고 계신다. 지상에서 만난 사람 가운데 가장 따뜻하고 유일하고 모든 것을 주신다. 그 위대한 분은 어머니라는 이름을 갖고 있다.'

아들에게 보내는 편지

　사랑하는 나의 아들아, 며칠 연속 그치지 않을 것처럼 내리던 비가 드디어 모습을 감추었구나. 반가운 해님이 싸늘한 아침 공기를 밀어내고 방긋 웃으며 나타나 우리의 주위를 따뜻하게 감싸주고 있구나. 맑고 산뜻한 공기가 흐리터분한 정신을 말끔히 씻어주면서 활기찬 하루의 시작을 암시해주고 있는 것처럼 말이다.

　우리는 매일 자연에 감사하는 마음을 잊지 않고 살아가야 한다. 항상 주어진 모든 것에 감사하고 행동을 올바르게 하여야 한단다. 너의 자그마한 말투와 행동 하나하나가 자신에 대한 이미지와 시선을 안 좋게 만들 수 있을지도 모른다. 그 때문에 항상 신중하면서 조심조심 행동하고 친구들끼리 서로 아껴주고 도와주면서, 이곳에서의 생활을 원만하고 좋은 추억으로 남겼으면 좋겠구나.

우리는 매일 자연이 주는 햇빛과 공기와 바람 등 수많은 혜택을 받으면서도 감사함과 행복을 잊고 사는 것 같구나. 한 톨의 쌀알에도 수많은 사람의 피와 땀으로 이루어져 있고, 자연의 수많은 은혜가 담겨 있단다. 그렇게 만들어진 밥이 우리 몸에 들어와 피와 살이 되어주는 것처럼, 우리가 매일 먹는 음식을 남기지 않고 감사함을 잊지 않으면서 먹어야 한단다.

우리는 매일 익숙하고 안락함에 기대여 살다 보니 소리 없이 전해주는 모든 것의 고마움을 잊고, 당연하지 않은 것을 당연하게 받아들이면서 살아가기도 한다. 하지만 자연뿐만 아니라 주위에 있는 주어진 모든 것에 항상 감사하고, 소중한 마음을 잊지 않으면서 살아야 한단다.

부족하고 못난 엄마의 자식으로 태어나준 너희들이 엄마한텐 이 세상 무엇과도 바꿀 수 없는 소중하고 유일한 보물들이다. 특히 네가 이 세상에 처음으로 태어났을 때 엄마도 엄마를 처음 해보는 거라서 많이 서툴고 힘들고 어색했다.

네가 초등학교에 입학하기 전, 고사리 같은 손으로 덧셈을 잘하는데도 이 못난 엄마는 항상 너를 혼내며 공부시키던 그때를 떠올리면서, 모질게 탓했던 죄책감 때문에 지금도 나 자신을 용서할 수가 없구나. 그처럼 작고 여린 너를 가슴에 묻어 두고 다시 한번 꼭 안아주고 싶구나. 미안하다. 아들아, 엄마는 항상 너를 깊이깊이 사랑한다.

네가 세 살이 되던 해에 엄마와 아빠는 몸이 약한 너를 외할머니 댁에 맡기고, 먼 곳으로 돈 벌러 가는 탓에 우린 처음으로 오래 떨어져 있었지. 너는 엄마 품을 그리워하며 밤새도록 울고 아프고 열이 나고 토하면서 엄마를 찾았었지.

엄마는 네가 못 견디게 그리워 전화하면, 우리 둘은 전화기 너머로 목 놓아 울었지. TV에서 네 또래의 실종 아이들을 애타게 찾고 있는 가족들을 보면서, 너를 지켜주지 못한 미안함 때문에 눈물을 하염없이 쏟았단다. 돈이 뭐기에 우리를 이렇게 고통스럽게 갈라놓고 이별을 시키는지 원망만 하면서 하루하루를 보냈단다. 매일 밤 아빠가 항상 옆에서 위로해 주고 다독여주고 함께 눈물을 흘리기도 했지만, 엄마는 누구도 대신할 수 없는 너의 빈자리를 그리워하며 매일매일 눈물로 베개를 적시면서 잠들었다.

지금은 네가 어엿한 중학생이 되어 가족이라는 울타리에서 항상 밝은 웃음으로 씩씩하고, 때론 재치 있는 유머로 집안 분위기를 잘 살피는 너에게서 엄마는 아직도 인생의 교훈을 많이 얻는다.

아들아, 너는 알고 있니? 엄마는 그동안 표현이 서툴고 부족하여, 겉으로는 아닌 척하지만 이 세상 누구보다도 너를 사랑한다는 걸, 아들아, 너는 알고 있니? 엄마는 항상 먼 곳에서 너의 행복과 행운과 건강을 잘 지켜달라고 간절하게 기도하고 있음을, 아들아, 너는 알고 있니? 네가 학교에 가고 집을 비운 사이 엄마는 너의 빈자리에 앉아서 반성하고 생각하면서, 글을 쓰고 항상 너를 그리워하는 것을!

만약 지금이라도 늦지 않았다면, 엄마는 앞으로 너와 다윤이에게 학대하는 학부모가 아니라, 함께 배우고 함께 성장하면서 학습하는 부모가 되고 싶구나. 우리가 살아가면서 실수하는 것은 모두가 처음 살아보는 인생이라서 그렇대. 매 순간이 처음인 것처럼 매 하루가 새롭기에, 인생에는 연습이 없고 살아가는 순간순간이 경험인 것 같구나.

아빠와 엄마는 너를 키우면서 많이 서툴고 많은 실수를 했던 것 같다. 하지만 부모로서의 우리는 너에게 항상 최고의 사랑을 주기로 노력하였고, 많이 부족하지만 최선을 다하여 좋은 모습만 보여주려고 애써왔다.

> 당신이 헛되이 보낸 오늘은 어제 죽어간 이가 그토록 살고 싶어 하던 내일이었다.
>
> - 랄프 왈도 에머슨-

우리 앞에 주어진 하루하루를 헛되이 보내지 않고, 어떻게 감사하며 살아갈 것인가를 매 순간 기억하면서 살아갔으면 좋겠구나.

지금도 심장이 뛰어있음에 감사하고, 시원한 공기를 마실 수 있음에 감사하고, 건강한 육체가 있음에 감사하여야 한다. 그 외에도 감사한 것들이 넘쳐나지만, 주어진 모든 것에 감사할 줄 아는 사람은 나를 진정으로 사랑할 줄 아는 행복한 사람이란다. 아들아, 지금, 이 순간이 가장 소중하고, 지금, 이 순간 보다 더 좋을 때는 없다고 한다. 무엇을 하기엔 지금이 가장 이른 시간이므로. 항상 오늘이 마지막 날인 것처럼 살아라. 그러면 지금 앞에 주어진 모든 시간이 선물로 느껴질 것이라고 하였다.

그리고 남과 비교하지 말고 누군가의 말에 흔들리거나 기준에 맞출 필요는 없단다. 친구가 잘되면 진심으로 축하해 주고, 자존감을 잃지 않으려면 독서를 많이 하여 책속의 길을 찾아 떠나라. 노력이 우리를 배신하지 않는다는 말이 있듯이, 독서에 공을 들이면 보이시 않던 수많은 세계가 펼쳐진다.

아들아, 미래는 오는 것이 아니라, 우리가 만드는 것이라고 하였다. 앞으로 어떤 삶을 살아갈 것인지는 주어진 오늘을 어떻게 보내느냐에 달렸다. 변화를 두려워하지 말고 하고 싶은 것에 온 열정을 쏟아부어라.

사랑하는 나의 아들아, 네가 무엇을 하든지, 어디에 있든지 엄마 아빠는 항상 너를 믿고 응원하면서 너의 모든 것을 적극 지지하고, 사랑하고 있음을 잊지 않았으면 좋겠구나. 파이팅!

사람이 사랑이다

어느덧, 초등학교 1학년생이 된 딸이 'ㅁ'과 'ㅇ'받침을 배우고 집에 와서 나한테 자랑을 했다.

"엄마, 사람이라는 'ㅁ'받침에서 'ㅇ'받침을 바꿔 넣으면 사랑이 된다?"

"아, ㅎㅎ 그렇구나."

호기심 많은 둘째 딸의 의문이 여기서 멈출 리가 없다.

"그럼, 왜 사람과 사랑의 받침이 바뀌면 사람이 사랑이 될까?"

"음, 그건 사람의 네모받침을 마음이라고 표현할 때 뾰족하고 네모난 마음을 둥그렇게 변할 때까지 갈고 닦으라는 말이 아닐까?"

"마음을 어떻게 둥그렇게 갈고 닦으면 되는데?"

"만약, 네 모퉁이처럼 생긴 마음이 뾰족한 채로 이 세상을 살아가면 네 면에 부딪치기만 할 뿐 땅에 굴러가지 않아. 뾰족한 부분에 찔린 사람들의 마음도 아프고 상처받겠지. 하지만 서로 양보하고 나누어 주면서 착하게 살면 지구처럼 둥글둥글하게 변하고 땅에 잘 굴러다니면서 어디든 마음이 편하고 자유롭게 갈 수 있지 않을까?"

"와~ 신기하다. 엄마, 알려주셔서 감사합니다." 하면서 좋아하였다.

물론 내 생각이지만, 생각은 자유이니까. 내게 있어서 그 순간만큼은 최선의 답이 이였을 지도 모르겠다.

사람과 사랑의 받침은 밑에 받쳐져 있다. 즉 마음 안의 맨 밑에 받쳐있는 것처럼 느껴진다. 'ㅁ'과 'ㅇ'받침이 마음의 받침이라 할 때, 우리는 마음의 뿌리에서 자라나는 크기와 조절에 따라, 부정적인 마음과 긍정적인 마음이 밖으로 튀어나오는 게 아닌지를 생각하게 된다. 행복하려면 사랑이 필요한 것처럼, 사랑은 우리가 마음의 밑바닥까지 추락하지 않도록 받쳐주는 힘이 있다. 사랑은 꽁꽁 얼었던 마음을 따뜻하게 녹여주고, 가치 있는 사람으로 만들어주기도 한다.

"삶의 가장 큰 행복은 우리 자신이 사랑받고 있다는 믿음으로부터 온다."

-빅토르 위고

사람이 사랑과 손을 잡으면, 빛과 희망이 보이기 시작한다. 사람이 사랑하면 불꽃이 튕기고, 사람이 사랑을 선택하면 행복이 스며든다. 사람과 사랑은 이웃이 아니다. 사람이 사랑을 먹고 자라고, 사랑은 사람을 변화시키기도 한다.

사랑은 하나의 세계와 닮은 것 같다. 사람이 아름다운 사랑을 선택하여 사랑에 빠지게 되면, 모든 것을 수용하고 받아들인다. 올바른 사랑을 선택하면 배려와 존중, 믿음과 희망이 생긴다. 사람은 누구나 충분한 사랑을 받지 못하면 정신적인 고통뿐만 아니라 육체적인 고통도 같이 겪기도 한다.

사랑이 처음이라서, 사랑하는 방법이 서툴러서, 사랑에 걸려 넘어지는 사람들도 있다. 하지만 부딪치고 다치면서 배우고 경험하는 게 사랑이 아닐까? 공부도 그렇고 인생도 그렇고 성공도 그렇다. 그렇게 익혀가면서 슬픔을 견디고 이겨내다 보면, 솔직하고 진정한 사랑이 모습을 드러내기 시작하기도 한다.

법륜스님께서는 비가 오면 우산을 펴고, 비가 그치면 우산을 접으면 된다고 하셨다. 날씨를 탓하는 대신 날씨에 맞춰 행동하듯이, 서로 다른 생각과 가치관을 지닌 사람들이, 서로를 향해 배려하고 양보하는 마음으로 아끼고 받아들이면서 살아가는 것, 또한 따뜻한 사랑이 아닐까 싶다. 사랑 앞에서 때론 작아지고 설레고 부끄러워진다. 사랑 앞에서 때론 용감하고 멋있고 아름답게 변신하려고 노력을 기울인다.

　신기하게도 사랑은 주면 줄수록 커지고 넘쳐난다. 그리고 아름다워진다. 사람은 사랑을 주고받으면서 삶의 정원을 꾸려나가는 아름다운 존재이기도 하다. 사랑, 어쩌면 그것은 우리의 삶에 반드시 함께해야 할 유일한 버팀목이고 희망일지도 모른다.

날개가 없어도 슬퍼하지 마!

어느 따뜻한 주말, 아이들을 데리고 집 아래 주차장에서 줄넘기를 하였다.

오늘도 해님이 방긋 웃으며 고개를 내밀더니 온 대지를 골고루 비추어주었다. 지나가는 개미들도, 어딘가를 분주히 날아다니는 꿀벌도, 하늘을 나는 새들도 따뜻하게 비춰주는 해님에게 몸을 맡기듯, 기분 좋게 자신들의 할 일에 최선을 다하는 것 같았다.

갑자기 어디선가 하얀 나비 두 마리가 나풀거리며 꽃밭에서 춤추며 날고 있었다. 그 장면을 유심히 바라보던 작은 딸이 "와아, 예쁘다!"라며 감탄을 금치 못했다.

"나도 나비가 되고 싶어요. 엄마, 사람은 왜 날개가 없을까?"

그 말을 듣고 있던 큰애가 뜬금없이 "너는 맨 날 잘 삐지고 부정적인 생각을 하니까 천사처럼 날개가 없는 거야."라고 말했다.

"치, 오빠 미워."

나는 문득 떠오르는 그리스 로마신화의 이야기를 들려주었다.

"옛날에 제우스라는 신이 있었는데, 신하인 프로메테우스에게 신의 형상을 본뜬 생명을 창조하라고 명령을 내렸단다. 프로메테우스에게는 아끼는 동생이 있었는데, 프로메테우스가 물과 흙으로 사람을 만들면 동생이 생명체에게 필요한 선물을 하나씩 나누어 주었지.

새들에겐 하늘을 날 수 있는 날개를 주고, 맹수에겐 날카로운 발톱을 주고, 거북에겐 딱딱한 등껍질을 주고, 초식동물에겐 빨리 달릴 수 있는 발을 주었단다. 이렇게 나누어 주다보니 정작 프로메테우스가 인간을 만들었을 때는 남아있는 선물이 하나도 없었단다. 다른 동물들은 자신을 보호할 수 있는 한 가지 재능들을 가졌지만, 인간은 자신을 지킬 수 있는 것이 아무것도 없었단다. 밤이 되면 추워서 떨어야 했고, 무시무시한 맹수들을 만나면 어두운 동굴로 정신없이 달아나야 했단다.

그래서 프로메테우스는 자신이 만든 인간이 불행한 모습을 보고, 마음이 아파서 제우스 신에게서 불을 훔쳐다 주었지. 그러자 인간은 프로메테우스가 훔쳐 준 불로 그 어떤 동물들보다 강력한 존재가 될 수 있었단다. 불을 사용하여 추위를 피했고, 각종 연장과 무기를 만들어 사나운 동물에 맞설 수 있었단다.

총명하고 똑똑한 인간은 비록 날개는 없어도, 신이 준 선물로 하늘을 날 수 있는 날개 달린 새를 만들었지 뭐야. 그게 바로 라이트 형제가 발명해낸 비행기란다. 그 때문에 우리에게 날개가 없어도 슬퍼하지 않아도 돼."

줄넘기를 하다 말고 우리 셋은 한동안 자유롭게 날아다니는 나비한테서 눈길을 떼지 못했다.

"아, 맞다. 그리고 인간은 비록 새처럼 날개가 없고, 맹수처럼 날카로운 발톱이 없고, 거북이처럼 딱딱한 등 껍데기가 없지만, 이 세상 어디든 자유롭게 갈 수 있는 지혜를 가지고 있단다. 물고기는 물을 떠나 살 수 없고, 새는 날개가 없으면 날 수 없고, 맹수는 날카로운 발톱이 없으면 살 수 없고, 거북이는 딱딱한 등 껍데기가 없이 살 수는 없지만, 인간은 물에서도 살 수 있고, 비행기를 타고 하늘을 날 수 있으며, 땅에서도 자동차를 타고 자유롭게 달릴 수 있고, 든든한 집을 짓고 잘 살고 있다."고 말해주었다.

작은딸은 나비가 되고 싶다고 했지만, 나는 갑자기 "비"가 되고 싶다는 생각이 든다. 햇빛이 쨍쨍 내리비추는 탓에 땅속에서부터 뜨거운 열기가 올라오면서 길옆에 자란 꽃과 식물들이 나른해져 가는 것 같았다. 마음속으로, 저들이 발이 달리지 않아 움직이지 못해 얼마나 갑갑할까. 라는 생각에, 오늘만, 지금처럼 물이 필요한 대지를 시원하게 적셔주는 비가 되어, 자연의 꽃과 식물과 나무에 촉촉함을 선물해 주는 기적으로 변신하고 싶다.

우리에게 날개가 없다고 슬퍼하지도, 부러워하지 않아도 된다. 누군가가, 가장 행복한 순간이 다가올 때에도, 행복한 사연이 생기는 때에도, 마음의 날개를 다는 것과 같다고 하지 않았던가? 날개가 없으면 우리는 만들면 된다. 마음의 날개처럼, 내가 자유로이 저 하늘 높이 날아오를 수 있는 희망의 날개를!

여보, 당신은 내가 책임질게

얼마 전, 강연 시간에 강사님은 현장에 있는 모든 사람에게, 지금 당장 애인이나 배우자에게 메시지로 사랑한다고 문자 한 통 남기면서 마음을 전해보라고 하였다. 나는 한참을 망설이다가 어색함을 무릅쓰고 남편한테 사랑한다고 문자를 넣었다. 강연이 끝나고 얼마 지나지 않아 놀란 기색을 한 남편이 허둥지둥 전화를 걸어왔다. 무슨 일이 있었냐고, 갑자기 왜 그러는가 하고, 그 모습에 나도 놀라지 않을 수가 없었다. 사랑한다는 따뜻한 말 한마디가 이토록 사람을 불안하게 만들었으니.

십여 년 전, 나는 친구의 생일파티에 놀러 갔다가 우연히 남편을 만났다. 20명 가까이 되는 북적임 속에서 우리는 서로에게 끌렸던 것 같다. 그 후 몇 번의 만남이 있을 뿐 본격적인 연애를 시작하기 전, 친한 친구가 찾아와서 자신이 좋아하는 사람이 이 오빠라고 고백했다.

그렇게 나는 친구의 말을 듣고 아무렇지도 않은 듯, 남편과 헤어지자 말하고는 연락을 끊었다. 아무것도 모른 채 억울하다고 생각한 남편은, 우리 집 현관문의 벨을 눌렀다. 문을 끝까지 열어주지 않자 "내가 당신을 평생 책임지면서 살고 싶다"라고 하다가, "갑자기 헤어진 이유를 듣고 싶다"라고도 하였다." 수차례의 끈질긴 구애 끝에 우리의 어색하고 서투른 연애는 그렇게 시작되었다.

그때까지만 해도 유행했던 말이 있었는데, 여자는 남자 하나만 잘 만나면 대학 가기보다 낫다고 하였다. 그 말은 아무리 죽도록 공부해 대학에 가봤자 좋은 직장에 취직하기 어려울 바에야, 차라리 돈 많은 남자를 만나 팔자를 펴면서 사는 게 훨씬 좋다는 말인 것 같았다. 하지만 나는 비록 돈이 많은 남자를 만나지는 못했지만, 정이 많은 남자, 나와 잘 어울리는 남자를 만나 돈이 아닌 행복을 선택했는지도 모르겠다.

남편의 "당신은 내가 책임질게."라는 한마디의 말에 평생을 함께하기로 결심했지만, 처음엔 서로의 익숙하지 않은 습관과 행동과 언어의 다름에 걸려 넘어지기도 하였다. 그렇게 상처투성이가 되고 아픈 과정을 견디는 기나긴 시간을 보내며, 많은 고민으로 서로 방향을 잃기도 했지만, 서로에게 따뜻한 손을 내밀었다. 그동안 많은 시련을 함께 견디면서 가정을 함께 꾸려나가는 동업자도 아닌, 친구도 아닌, 남편과 아내로서, 인생의 반쪽으로 서로를 선택하게 되었다.

'유머가 이긴다.'는 책에서는 결혼생활은 얼마나 잘 돌리느냐에 달려있다고 하였다. 남편이 세탁기를 잘 돌려야 하고, 청소기를 잘 돌려야 하고, 식기세척기도 잘 돌려야 한다고 말이다. 그런 아내는 남편 하나 잘 돌리면 된다고 하였다. 유머라서 재밌었고 배꼽 잡고 웃기도 하였다. 나는 남편을 잘 돌리지는 못했다. 그런 능력도 요령도 기술도 없었기 때문이다. 나는 그저 내가 얼마나 많이 부족하고, 실수투성이임을 인정하고, 가정에 최선을 다해 아이들을 잘 보살폈을 뿐이다. 힘든 고난 속에서 우리는 서로를 부추기면서, 고단한 삶의 길을 함께 견디고 걸어왔다. 누가 먼저라 할 것 없이 누구의 몫이라고 따질 필요 없이 "당신은 내가 책임질게."라는 서로의 배려와 믿음으로 오늘까지 행복하게 달려온 게 아닐까 싶다.

하지만 그동안 아이들이 점점 커가면서 바쁘다는 이유로 서로 지쳐만 갔다. 부부의 관심과 사랑이 조금씩 무뎌지고 있음을 느낄 수 있다. 처음에 내가 책임진다는 아름다운 말이, 시간이 흐르고 세월이 변하면서, 빛을 잃어가는 건 아닌지 되뇌어 본다.

다음부턴 '사랑한다'라는 한마디의 말이 남편을 놀라게 만드는 것이 아닌, 가정이라는 울타리에서 고생만 해온 남편에게 "여보, 이번엔 내가 당신 책임질게."라고 말하고 싶다.

결혼이란 서로 다른 세계의 두 사람이 인연으로 맺어지는 것이다. 그리고 한 권의 백지장에 인생이라는 이야기를 하나씩 만들어가고 담아 가면서, 아름답게 완성해가는 것이라고 하였다. 내 인생의 절반 너머의 페이지에, 시들어가는 사랑을 촉촉하게 물을 뿌려, 생기 넘치는 아름다운 꽃이 피어나도록 노력을 기울여야겠다.

사춘기들의 닮은 꼴

어느 날, 남편이 물었다.

"여보, 어른들도 사춘기가 있어요?"

"아마, 있는 것 같아요."

뭔지 모르겠지만 있다는 느낌이 들었다. 남편이 담배를 끊겠다고 결심한 지 20일 차가 되는 날이었다. 금연보조제가 일으킨 부작용인지 아니면 갱년기 증세인지 알 수는 없었다. 때론 얼굴이 화끈거린다고 하였고, 가끔 마음이 우울해지기도 한다고 하였다.

우리는 약속이라도 한 것처럼 서로를 바라보다가 휴대폰을 훑었다. 아니나 다를까 금연보조제의 부작용인 것 같았다. 이튿날 약국에 가서 각종 영양제와 면역력을 높여주는 건강 보조제를 사다가 남편에게 내밀었다. 몸이라도 먼저 충전시키고 공허한 마음은 가족의 관심과 응원과 사랑으로 지지해 주고 채워주고 싶었다.

그리고 내가 말했다.

"우울증이라는 게 생각처럼 간단한 병이 아니에요. 누구나 쉽게 걸리는 병중의 하나에요. 그러니까 초기에 잘 치료하면 돼요. 혹시나 감정 컨트롤이 어려워서 인터넷에 나오는 사람들처럼, 안 좋은 마음을 먹거나 극단적인 생각이라도 한다면, 당신을 절대 용서하지 않을 거예요. 나보다 더 오래 산다는 약속 잊으면 절대 안 돼요. 아셨죠?"

농담 반 진담 반이었다. 어느 쪽이든 상관없지만, 나중에 아이들이 커서 자신의 인생을 찾아 집을 떠난 다음, 빈 둥지 증후군 생각만 해도 끔찍했다. 혼자서 이 세상에 쓸쓸하게 남고 싶지 않아서였다. 그래서 남편 보고 나중에 내가 먼저 이 세상을 떠나게 되면, 나보다 하루 정도 더 살더라도 나를 두고 먼저 떠나면 안 된다는 말을 입에 달고 살았다. 왜냐하면 고독사가 싫었고 혼자서 외롭게 떠도는 영혼이 두려웠기 때문이다.

"난 당신이랑 우리 아이들이랑 행복하게 오래오래 살고 싶어요. 그래서 지금 술을 줄이고 담배를 끊느라고 노력하고 있잖아요."

"미안해요, 나는 그저 우리 가족이 탈 없이 건강해지기만 바라는 마음에서…." 끝말을 채 잇지도 못한 채 고개를 떨궜다.

"그래 다 알고 있어요. 고마워요. 여보."

우리는 그렇게 순간의 오가는 말들을 서로의 마음 그릇에 소중하게 담아놓았다.

서로 다른 두 세계의 사람이 만나 모든 것을 공유하고 하나가 되는 순간, 가족의 공동체라는 것이, 어쩌면 공통분모가 들어있는 분수와 닮았을지도 모른다. 우리는 서로에게 공통분모가 있으면 감사하게 생각하고, 분모가 같지 않으면 통분하듯 서로 맞춰가면서, 생각이나 어울리는 행동으로 공통분모가 되도록 서로 양보해왔다.

그래도 찾지 못해 공통의 생각으로 된 상황을 이해하기 힘들어진다면, 서로의 다른 점을 받아들이고 토닥이면서 16년이라는 세월을, 인생이라는 페이지에 하나씩 쌓아왔다. 그러면서 알고도 모르게 서로의 모습에서 그동안 잃어버렸던 자신을 되찾기도 하고, 서로의 행동에서 결핍된 부분을 채워나갔다. 그렇게 하나가 되는 순간, 오랜 세월 속에 숙성되어 온 것처럼 많은 생각이 비슷해지고 힘든 삶을 함께 헤쳐 나갔다. 가정이란 책임과 무게를 이끌면서, 한 지붕 밑에 오래 살다 보니 시간이 지나 갈수록 모습마저도 비슷하게 닮아갔다.

낯선 사람들은 우릴 보고 오누이 같다고 하였고, 익숙한 사람들은 뭔지 모를 비슷한 점이 있다고 하였다. 아이들도 나와 함께 있으면 둘 다 엄마를 닮았다고 하였고, 남편과 함께 있으면 둘 다 아빠를 닮았다고 하였다. 유전자가 어딜 도망갈 리가 없겠지만.

요즘 남편과 아들의 사춘기에 불안해지고, 걱정이 되면서 온갖 근심에 둘러싸여 있다. 흔히 말해 청소년 사춘기는 몸과 마음이 아이에서 어른으로 성장하는 과정이라고 한다. 그러면 어른 사춘기란 과연 무엇일까? 그러면서 첫 번째 사춘기에 들어선 아들과 두 번째 사춘기에 들어선 나를 서로 비교해보았다. 언젠가부터 사춘기란 녀석이 내게도 살며시 다가와 함께 살고 있었다. 시 한편 읊으면서 사춘기와 사이좋게 지내려고 노력해본다.

'사춘기에 들어선 엄마와 아들'

너는 연필을 두고 학교 갈 때면, 나는 지갑을 두고 병원에 갔다.

너는 휴대폰에 빠져 실수로 교복 밑에 잠옷 바지를 입고 학교에 갈 때면, 나는 독서에 미쳐 맨정신에 슬리퍼를 신고 운전하여 회사를 향했다.

너는 깜빡하고 양치질을 안 하고 밖에 가지만, 나는 브래지어를 안 하고 마트에 갔다.

우리는 서로를 닮고 싶어 하지 않지만, 어딘지 모르게 닮았다.

다행히 우리에겐 좋은 점도 있다.

너는 작곡을 좋아하고, 나는 글쓰기를 좋아하지.

그 무엇을 창조한다는 건 위대한 예술이고 우린 그것을 닮았다.

하지만, 너는 공부하기 싫어하고, 나는 설거지하기 싫어하지.

그래서 나는 너에게 공부를 가르치고, 너는 나를 도와 설거지를 해주었지.

내가 요즘 횡단보도를 걸을 때나 시장에 다녀올 때나 운전을 할 때, 네가 내게 추천해 준 음악을 들으면서 너의 세계를, 네가 좋아하는 요즘을 만나보고 가만히 들여다보고 있다. 너와 나의 사춘기 길에서, 하루빨리 주어진 궁금증과 고민을 해결하여, 또 다른 길에서 웃으면서 만나길 기대한다.

우리는 살면서 누구나 한 번쯤은 사춘기를 겪는다. 솔직히 말해 나는 사춘기에 대해 잘 모른다. 마흔에 들어서면서 언젠가부터, 그저 내가 겪는 이 상황이, 무기력한 행동과 짜증 나는 이 순간이, 갑자기 찾아오는 공허함이, 문뜩 생각나는 의문이, 나를 불안하고 곤혹스럽게 만들었다. 그리고 어느 날에는 갑자기 우주 밖의 우주가 궁금해지기도 하고, 개미에겐 우주란 어떤 것인지를 떠올리기도 하였다. 영혼과 종교에 관해 호기심을 갖게 되었고, 양자물리학과 죽음에 대해 궁금하기도 하였다. 그러면서 신비하고 알 수 없는 불가사의한 일들에 관해 감탄을 자아내기도 하였다. 이렇게 갈팡질팡하는 방황과 정신 나간 생각들이 모인 결과가 중년의 사춘기가 아니면 무엇이겠는가!

가끔 나는 누구인가에 대해 생각하고, 삶의 목적과 의미와 가치들을 되새김질하면서, 내가 현재 살아가는 삶들을 하나씩 꺼내 도

마 위에 올려놓고 천천히 해부해나가 보기도 한다.

나는 어떤 삶을 어떻게 살 것인가? 무엇을 위해 사는가에 대한 나름대로의 생각을 가지고 판단을 내렸다. 그리고는 도서관의 책들을 통하여 수많은 사람의 삶과 생각을 훔쳐보기로 작정하고, 하루 종일 책 속을 기웃거렸다. 슬그머니 곁눈질도 하면서 가만히 들여다보았다. 그러면서 책 속의 많은 생각과 삶의 의미와 가치관들이 나랑 완전히 반대였고, 그동안 모르고 살았던 수많은 시간과 삶과 인생을 마구 낭비하고 허투루 살아왔음을 깨닫게 되었다.

그리하여 두 번째 사춘기에 들어선 내가 인생에 대한 고민을 다시 시작하게 되었고, 꿈과 희망의 설계도를 처음부터 그려나갔다. 삶의 기준과 성공의 기준이라는 건 누가 세운 것도 아니고 정한 것도 아닌데, 그동안 시키는 대로 살았고 나보다 남을 더 사랑하고 배려하는 삶을 선택했다. 왜냐하면 그게 최선이고 사랑이고 만족이고 내 삶을 아름답게 살아가는 방식이라고 생각했기 때문이다. 하지만 언젠가부터 뭔지 모를 억울함과 분노와 원망이 생겨나기 시작하였고, 나의 삶 속에는 내 이야기가 없었다. 그동안 자신을 잃어버린 삶을 살아온 지난 세월만큼 지금이라도 되찾고 싶은 마음이 간절해졌다. 그러면서 잊고 살았던 꿈을 다시 떠올리면서 희미하고 멀어져만 갔던 내 삶을 다시 진지하게 생각하고 진하게 그려내기로 결심하였다.

그렇게 책을 통해 나는 나를 찾아가는 길을 찾아 나섰다. 그 과정에서 또 다른 나를 발견하였고, 나 자신도 세상에서 유일하고 소중하며 사랑받기 위해 태어난 존재임을 느끼게 되었다. 두 번째 사춘기를 통하여 진정한 내 삶을 찾게 되었고, 그동안 잃어버린 것과 부족하고 결핍했던 것, 공허하고 비어있었던 빈자리를 다시 채워주고 회복해나가면서, 새로운 삶을 살게 해주는 생각을 만들어가는 과정이라고 할 수 있겠다.

그 때문에 사춘기는 나쁜 것이 아니다. 사춘기가 있음으로 하여 아이에서 어른으로 성장하고, 주어진 고민과 해결 과정에서 삶과 인생을 더 잘 알아가고 지켜가면서, 아름답고 멋지게 살아가는 성장의 경험이지 않을까 생각해 본다.

인생이라는 무대의 주인공

내 이야기 속에는 '나'가 없다

어릴 때부터 낮은 자존감을 안고 살아온 '나'는 어디에 가나 내가 존재하지 않았다. 때론 가면을 쓰고 자신을 포장해놓으면서까지 진짜 '나'를 감춰보기도 하였지만, 비좁고 작은 내 마음과 생각이 자꾸만 나를 어둡고 주눅이 들게 했다.

그러던 어느 날, 나는 누구인가? 라는 질문으로부터 시작해 나를 알아가고 자존감 회복을 위해 살피면서 '나'를 찾아 나서기로 하였다. 뭐랄까 지금부터 누구를 위한 삶을 살기보다 누구도 대신할 수 없는 삶을 살도록 노력하였다.

큰애가 14번째 생일을 맞이할 때이다. 오랜만에 아이들의 할아버지와 할머니가 오신다고 하니 내 몸과 마음은 더욱 바빠지기 시작하였다. 아침 일찍부터 마트에 가서 생일 준비를 하느라 정신없이 돌아다녔다. 식구들이 좋아하는 음식을 알차게 고르는 나는 우리 집 식모, 케이크 사는 것까지 잊지 않고 꼼꼼하게 체크하는 준비를 끝마쳤다. 그리고 시부모님 모시러 시댁에 갔다 온 나는 안전 운전하는 대리기사이다. 급급히 상 차리고 촛불 붙이고 멋지게 사진까지 찍어주는 나는 평범한 사진사이기도 하였다.

시간이 한참이 지나서야 알아차리게 된 일이지만 많은 동영상과 사진 속에 '나'가 없었다. 많고 많았던 이야기 속에, 한 장의 풍경 속에 나 자신이 없다는 사실도 잊은 채, 어디에 사는 누구인지도 모르면서 삶을 터무니없이 빈껍데기로 살아온 내가 원망스럽기만 하였다. 우울함과 슬픔이 가득 찬 마음 곳곳에서 외로움들이 수증기로 변해, 두 눈에서 증발하여 뜨거운 눈물이 앞을 가렸다.

두 번째 사춘기에 들어선 감정조절에 나약한 사십 대의 모습이다. 잃어버린 자신을 되찾고 자기다움을 찾는데, 많은 도전과 용기가 필요한 것 같았다.

'아직 당신이 원하는 삶을 찾지 못했다는 건 지금껏 당신이 당신을 위해 살지 못했다는 뜻이다.'

　　　　　　　　　　　　　　　　　　　　　　- <혼자 사는 즐거움에서>

가족과 사회라는 수많은 사람 속에서 나 또한 반평생 가까이 그

속에 파묻히고 자신을 잃어버리면서 살아온 것 같다. 누군가를 위해 살았고 또 그 누군가를 지켜주기 위해, 자신을 내어주면서 사는 것이 최선의 삶이고 최고의 사랑인 줄로만 알았다. 하지만 지금까지 나에게 돌아오는 건 언제나 외로움이나 실망, 아니면 서러움뿐이었다.

어릴 때부터 독서와 글쓰기를 일찍 만났더라면, 그동안 쌓아온 삶의 찌꺼기들과 낮은 자존감의 무능력과 무지에 기죽지 않았을 것이다. 이 세상은 역시 살만하고 아름답다는 긍정적인 생각을 많이 하면서 말이다. 그동안 학교에서 배운 지식을 그대로 머릿속에 꾸역꾸역 삼켜왔지만, 한쪽으로는 금방 잃어버리기 일쑤였다. 하지만 마흔에 들어서면서 배우는 오늘의 공부는, 진심과 간절함이 묻어나와 그 열정이 온몸과 마음을 통과해, 더 나은 자신을 만나고 더 나은 삶을 살기 위한, 처절한 몸부림이라고 해도 과언이 아니다.

이제부터라도 제대로 살기 위해 나 자신부터 사랑하기로 하였다. 마음의 소리에 귀를 기울이면서 내 영혼이 원하는 방향을 선택하고, 이루고 싶은 것에 도전하기로 하였다. 다가오는 내일을 기다리는 대신 자신의 인생을 만들어 가면서, 누구도 대신할 수 없는 오직 나만의 삶을 살기로 다짐하였다.

그동안 다른 사람들을 배려하고 잘해주느라 많은 시간을 허비하면서, 정작 나 자신에게는 소홀하고 존재조차 잃어버릴 때가 많은 것 같다. 자존감 회복의 통로가 되어주는, 독서와 글쓰기의 만남으로 자신을 업그레이드하면서, 희망의 첫 버튼을 눌러본다. 모든 자유와 행복을 찾는 비밀은, 언제나 내 마음 안에 존재한다는 것을 잊지 않으면서 말이다.

나는 잃어버린 존재를 되찾기로 하고, 제대로 살아보기 위해 나만을 위한 선물을 샀다. 회사를 그만두고 나서부터 그동안 돈을 아끼면서 살다 보니, 항상 남편과 아이들을 먼저 챙기느라, 내 몸에 영양제 한 알 안사 먹고 새 옷 한 벌 안사 입었다. 옷이나 신발 사러 갔다가도 가격 앞에서 한참을 망설이다가 돌아서면 양손에 들고 있는 새 옷과 신발은 역시나 아이들의 것이었다.

오늘날, 주인을 잘못 만난 내 몸이, 그동안 힘든 삶의 무게를 함께 견뎌오면서, 꿋꿋이 잘 버텨주고 힘이 되어주었다는 고마움이 생겨나자, 마음 한구석에서부터 깊은 감사함을 느끼게 되었다. 그리고 하얀 종이 위에 잠시나마 나만의 좋은 점과 좋아하는 것들을, 오래된 마음 상자 안에서 먼지를 훌훌 털어내 하나씩 꺼내 진열해

보기도 하였다. 나 자신에게 따뜻한 위로를 건네면서. 어쩌면 나에겐 오직 글을 쓸 때만이 아름다운 순간과 나 자신을 솔직하게 마주하고, 소중한 것들을 기억해내는 시간일지도 모른다. 그 순간만큼은 홀가분한 마음으로 하얀 종이라는 무대 위에, 생각의 씨앗을 마음껏 휘날리며 못다 한 말들을 글로 표현해 낼 수 있기 때문이지 않을까 싶다.

그동안 글을 쓰면서 발견한 게 있다면, 나의 부족함과 결핍으로 가려진 뒤에는 만족과 행복이 넘쳐나고 있었는데, 내 비좁은 생각이 지친 삶의 무게를 그 위에 얹어놓았던 것이다. 그동안 마음과 생각 정리를 제때 했어도 가려져 있던 행복이 손이 닿는 곳에 있었을지도 모른다.

어느 날, 마음의 문을 살며시 열고 안으로 들어가 보니, 그 속에는 남들처럼 화려한 인생을 살지 않더라도 화목한 가정이 있었고, 남들처럼 부자가 되지 못하였어도 자식 부자, 부모 부자, 마음의 부자가 깃들어있었다. 그동안 자신을 틀이라는 구석에 몰아넣고, 부정적인 생각으로 나를 그 안에 가두어 놓았던 것은 다름 아닌 나 자신이었다. 사실은 내가 사는 현실이나 상황이 아무것도 변하지 않는다 해도, 내가 변하면 모든 것이 변한다는 것을 오랜 시간이 지난 뒤에야 알 수 있었다. 모든 문제는 내 생각이나 마음먹기에 달려있다는 것을.

가시는 외부에만 있는 것이 아니다

가시는 흔히 우리가 보이는 나무나 열매에서 자란다. 하지만 우리 눈에 보이지 않는 가시는 마음 밭에도, 생각의 밭에도, 인생이란 밭에 존재하기도 한다. 우리 몸에 보이지 않는 가시는 눈에 있으면 눈엣가시가 되고, 귀에 있으면 말의 가시처럼 들리고, 머리에 있으면 뿔이 나고, 입에 있으면 뾰족한 언어의 가시가 되어 다른 사람의 마음을 마구 찔러 놓기도 한다. 가시가 나타나면 가짜, 가면, 가증, 가혹함으로 우리를 괴롭히기도 한다.

언제 튀어나올지 모르는 가시는, 익숙하고 편한 사람일수록 내 마음 어딘가에서 갑자기 모습을 드러낼 때가 많다. 힘들거나 짜증이 날 때 아이들에게 뾰족한 말을 내뱉고는 뒤늦게 후회한 적도 한

두 번이 아니었다. 남편이 내 편이라는 이유에서도 그랬고, 때론 엄마가 하시는 잔소리가 귀에 가시처럼 들려와 얼굴을 찌푸리기도 했다. 내 마음의 가시를 알고 보면, 스스로가 심어놓은 것인데도 외부를 향해 탓하기만 한 것 같았다.

그러던 어느 날, 작은딸이 웃으면서 한마디 했다.

"엄마, 가시가 머리에 있으면 뿔나는 게 아니라, 꼭두각시가 되는 거 아닌가요?"

"아, 그러네. 어떻게 그런 생각을 했지?"

"ㅋㅋ 나 엄마 딸이잖아. 엄마의 뱃속에서 태어난 딸."

"고마워, 엄마한테 이렇게 예쁘고 똑똑한 딸이 있어서 얼마나 좋은지 몰라."

"아니야, 다 엄마 닮아서 그래."

전생에 내가 얼마나 많이 부족했을지 모르겠지만, 그래도 신이 내게 요렇게 예쁜 자식들을 선물로 보내주시니 얼마나 감사하고 행복한 일인지 모른다.

그리고 내 마음에 돋친 뾰족한 가시들을 가셔내 보기로 하였다. 시원한 공기에 머리를 가시면 기분이 가벼워지고, 마음에 있는 독소를 가시면 가벼워진다. 귀에 있는 가시를 가시면 잘 들리고, 입에 있는 가시를 가시면 언어가 아름다워진다. 눈엣가시를 눈물로 가시면, 멀리 보이고 세상을 보는 눈이 달라지기도 한다. 기분 탓일까

전부 가셨다고 생각하니 속이 후련해지는 것 같았다. 물론 뽑히지 않는 가시들이 많지만 말이다.

　사람은 누구나 서로의 크기와 깊이가 다른 가시를 안고 살아간다. 그 가시를 억지로 빼려고 애쓰지 않고 고통스러워도 끝까지 버티려고 노력하지 않아도 된다. 가시는 내 삶의 아픔이기도 하고 일부이기도 하기 때문이다. 만약에 그것을 억지로 떼어내면 상처가 더 커지고, 억지로 참고 견디면 더 아프기 마련이다. 언제 생겼을지도 모르는 가시가 내 마음 한구석에 자리 잡고 있다.
　아무리 행복한 사람이라도 자신을 괴롭히는 가시가 있기 마련이다. 세상에 완벽한 것은 없고 정답도 없다고 한다. 어떤 사람들은 정신적으로 지나간 추억 속의 지울 수 없는 가시를 품고 있고, 어떤 사람은 육체적으로 아픈 병이나 건강하지 못한 몸의 가시를 달고 살기도 한다.

　나 역시 어릴 때의 크고 작은 수많은 가시를 몸 안에 담고 살아온 지 오래 된다. 마음 안에 있는 가시만으로도 이렇게 힘든데 외부로부터 받는 가시에도 수없이 찔리면서 그렇게 아픈 인생을 고달프게 살아왔다. 그런 가시들이 서로 뒤엉키면서 힘들고 지치게 되었고, 만신창이가 된 내 몸과 마음이 어느 순간 비참하게 느껴지기도 하였다.

'장미같이 아름다운 꽃에 가시가 있다고 생각하지 말고, 가시 많은 나무에 장미같이 아름다운 꽃이 피었다고 생각하라'

장미같이 아름다운 꽃에 가시가 있다고 생각하면, 그 가시가 원망스럽습니다. 가시만 없다면 저 꽃이 아름다울 텐데 하는 생각을 하게 되면, 가시가 증오의 존재가 됩니다. 그러나 가시 많은 나무에 장미같이 아름다운 꽃이 피었다고 생각하면, 장미가 더 아름답게 느껴지고 감사의 존재가 됩니다. 아름다운 장미가 가시를 가졌다고 슬퍼하는 마음이, 가시가 장미를 가졌다고 감탄하는 마음으로 바뀔 수 있습니다. 장미에게 가시는 본질입니다. 장미는 가시가 있기 때문에 아름답습니다. 장미에게 가시가 없다면 장미는 자신의 본질을 잃는 것입니다. 따라서 가시 없는 장미는 없습니다.

-'내 인생의 용기가 되어준 한마디'에서

이처럼 가시 없는 장미가 없는 것처럼, 우리에게도 가시 없는 삶이란 존재하지 않는다. 어쩌면 누구에게나 아픈 가시가 있기에, 삶의 소중함을 한층 더 느낄 수 있고, 시간이 빨리 흘러간다는 것에 한탄하는지도 모르겠다.

어차피 우리에게 있는 삶의 가시를 뺄 수 없다면, 그것을 인정하고 받아들이는 게 우선인 것 같다. 우리는 가시처럼 부족함과 결핍을 안고 살아가면서, 그것을 배움과 채움으로 조금씩 성숙되고 성장해나가는 것이 인생이 아닐까 생각한다. 때론 오히려 완벽하다고 생각할 때, 인생의 높은 곳에서 추락하면 크게 다칠 수 있는 것처럼 말이다.

우리에게 있는 크고 작은 가시들이 인생을 살아감에 있어서, 소중함과 지금, 이 순간을 살아가는 가치를 알려주는 존재이기도 하다. 가시 많은 나무에 장미같이 아름다운 꽃이 피었다고 생각하는 것처럼, 가시덤불인 우리의 인생에도 아름다운 행복이 피는 순간이 있는 것처럼 말이다.

'바람'에 전하는 그 말

    사람은 누구나 자신만의 '바람'을 품고 산다. 사랑하는 가족이 건강하길 바라고, 부자가 되길 바라고, 승진하길 바라고, 시험에 합격하길 바란다. 내 바람이 언젠가는 이루어질 것이란 믿음은, 고단한 오늘을 견디게 하는 힘이 된다. 하지만 어떤 바람은 너무 간절해서 차마 말이 되어 나오지 않는다는 것을, 나는 오래 전 한 친구를 통해 알게 되었다. 그날 나는 한 친구의 간절한 바람과 그 바람을 전해준 또 다른 바람을 만났다.

    벌써 까마득한 고등학교 시절의 일이다. 나에겐 친한 친구가 있었다. 쾌활하고 긍정적인 성격의 대명사와 같던 아이. 기분이 안 좋은 날도 그 친구를 만나 한바탕 수다를 떨고 나면 어느새 기분이 나아져 있곤 했다. 친구의 밝고 환한 미소가 내 마음을 녹여 주었던 것이다.

우리는 서로의 그림자처럼 붙어 다녔다. 함께 있으면 웃음이 끊이질 않았다. 그 아인 말솜씨가 뛰어나고 재치와 유머가 넘쳤다. 그냥 툭툭 던지는 말이, 어떤 상황에 대한 자신만의 독특한 해석이 날배꼽 잡게 했다. 그래서였을까. 나는 친구가 부모님을 일찍 여의었다는 사실을 알고 내심 놀랐다. 그 아이에게선 어떤 그림자도 찾아볼 수 없었기 때문이다.

그러던 어느 날, 친구와 자취방에서 술을 마셨을 때의 일이다. 얼큰하게 술이 오른 우리는 불도 켜지 않은 채, 창가를 통해 희미하게 비추는 달빛을 향해 몸을 기댔다. 유난히 달과 별이 밝은 밤이었다. 우리는 아름다운 밤하늘을 말없이 바라보았다. 짙은 어둠 속에서 침몰하지 않고 화려하게 빛나는 별은, 자신의 아름다움을 뽐내지 않고 그저 반짝 웃고 있었다. 손톱 모양의 조각달은 다시 자신을 동그랗게 채워 나갈 터였다. 그렇게 부지런히 자신을 완성해 나가느라 더 밝게 빛나는 듯했다.

쥐 죽은 듯이 고요한 침묵 속에서 우리의 마음은 어디로 향하고 있었을까? 하늘을 보고 있으면 이상하게 마음속에 어떤 '바람'이 차오른다. 그날 그 친구도 그랬나 보다. 평소 부모님에 대한 그리움을 한 번도 말하지 않았는데, 그날은 꾹꾹 눌러 온 바람을 내뱉지 않고는 못 견디겠다는 듯 전화기를 집어 들었다. 그리고 나지막이 누군가와 통화하기 시작했다. 나는 지금도 그 순간을 또렷이 기억한다.

"엄마 아빠, 오랜만이에요. 저예요. 엄마 아빠의 딸. 그동안 하늘나라에서 잘 지내셨어요? 오늘 두 분이 너무 보고 싶어요. 엄마 아빠가 살고 계신 그곳은 어떤가요? 혹시 불편한 데 없으세요? 저는 잘 있어요. 오빠랑 잘 지내고요. 오빠는 요즘 새로운 여자 친구를 사귀었어요. 아주 똑똑하고 착한 여자인 것 같아요. 그러니까 우리 걱정은 하지 말아요. 오늘 친구랑 술 한 잔 마시고 나니 어릴 때 엄마 아빠랑 우리 가족이 오순도순 행복하게 살았던 추억이 떠올랐어요. 그래서 전화를 드린 거예요 ……. 엄마 아빠……. 사랑해요."

띠띠띠띠띠.

전화기 너머로 들려오는 소리에 심장이 저릿했다. 친구의 볼에선 눈물이 하염없이 흘러내리고 있었다. 보이지 않아도 넉넉히 알 수 있었다. 난 친구의 흐느끼는 소리를 들으며 아무 말도 하지 못한 채 숨죽였다. 내가 어떤 위로를 건넬 수 있을까? 먹먹한 마음에 눈물이 쏟아질 것 같았다.

그때 창문가를 통해 시원한 바람이 불어왔다. 산들산들하고 다정한 바람이었다. 바람은 나와 친구의 볼을 어루만져 주었다. 고요한 밤, 친구의 아픈 이야기를 가만히 듣고 있던 바람이 위로를 전하러 온 듯했다. 나는 그런 바람이 고마워서 마음으로 속삭였다.

'바람아, 잘 부탁해. 내 친구의 바람을 하늘 높이, 저 먼 곳까지 데리고 가 줘. 그리고 친구의 부모님이 어여쁜 자식이 당신들을 얼마나 그리워하고 사랑하는지 알 수 있도록 그 마음을 꼭 전해주려무나.'

그날 바람은 친구의 마음을 전해주었을까? 분명히 그랬을 것이라고 믿는다.

그날로부터 한참의 시간이 흐른 어느 날의 일이다. 나는 햇빛이 넘실대는 창가에 서 있다가 갑자기 환기를 시키고 싶어서 창문을 활짝 열었다. 그러자 시원한 바람이 자신이 원래 거기 있었다는 걸 알리려는 듯 내 머리카락을 흩날리게 했다. 불현듯 오래전 친구의 아픈 이야기를 들었던 그 날 밤이 떠올랐다. 지금 나를 어루만지는 바람은 그때 그 바람일까? 나는 괜히 반가워서 바람에 전하고 싶은 말을 했다.

안녕, 바람아. 너는 그날처럼 항상 거기 있었구나. 가끔 우리 집에 들러서 젖어있는 빨래와 집 안 구석구석을 말려 주었지. 내 아이가 넘어졌을 땐 상처를 호호 불어주고 눈물로 축축한 얼굴을 쓸어주던 것도 바로 너였어. 너는 너를 필요로 하는 존재가 있으면 세상

끝까지라도 달려가서 기꺼이 자신을 내어주지. 네가 들판에서 움직이면 식물들이 춤을 추고, 바다로 가면 파도가 넘실넘실 춤을 춰.

하지만 너는 두려워해야 할 존재이기도 해. 네가 한 번 화를 내면 태풍이 휘몰아치고 사람이 쌓아 올린 건물이 무너져 내려. 너의 분노는 찬바람처럼 매서워서 사람들의 뺨을 때리고 홍수를 일으켜 모든 것을 잠기게 해. 하지만 이 모든 시련 속에서도 네가 우리에게 알려주고 있는 것이 있다는 걸 알아. 어떤 어려움이든 그것을 극복하는 힘은 우리 내면에 있다는 사실, 아무리 아픈 상처라도 그것을 감내할 용기를 낸다면 시간과 함께 나아질 거란 사실 말이야.

그래, 바람아. 나 씩씩하게, 용기 내어 살아볼게. 앞으로도 잘 부탁해! 그리고 혹시 내가 넘어지거든 그날 내 친구를 위로해 주었듯 내 상처를 호호 불어주렴.

울어도 괜찮아

엄마가 그러시는데 나는 이 세상에 태어나서부터 뭐가 그렇게 서러운지 다른 아이들보다 유난히 많이 울었다고 한다. 초등학교 때까지만 해도 드라마를 보면서 슬픈 장면이 나오면 눈물이 멈출 줄 몰랐고, 라디오를 듣다가 슬픈 노래가 들리면 서럽게 울었던 것 같다. 학교에서 영화를 볼 때도 한 장면에 꽂혀서 울 때가 많았고, 외할아버지께서 가슴 아픈 사연을 들려주시면 눈시울이 붉어져 마음 아파했던 기억이 떠오른다.

그때부터였을까? 얼마 안 되어, 나의 눈물을 조금씩 멈추게 하는 작전이 주위에서 시작하였다. 드라마를 보는 중에 슬픈 장면이 나오기 전이면 누군가가 화면 버튼을 눌렀고, TV 대신 라디오에서는 신나는 음악이 흘러나왔다. 학교에서는 친구들이 울보라고 놀리기도 하였다. 그렇게 쑥스러워지면서 나의 눈물은 조금씩 마르기 시작하였고, 눈물이 나오려고 하면 어딘가에 숨기기 급급하였다. 울면 부끄러웠고 다른 사람들이 볼까 봐 신경이 쓰였다. 슬퍼지면 그저 겉으로가 아닌 마음속으로 눈물을 삼키거나 울었다.

인생의 반쯤 살아오면서 울었던 기억이 별로 없다.

오늘 강연이 있었는데, 강사님은 나 자신을 사랑하는 방법에 관한 강의를 해주셨다. 삶의 주인으로 살아가기 위한 우리 모두를 위해, 그동안 나와 함께 말없이 고생했던 내 몸을 안아주고 마음을 다독여주는 시간을 가졌다. 자기 자신에게 위로의 편지를 써보고, 화나 스트레스를 종이에 담아서 비행접시에 날려 보내기도 하였다. 그리고 오늘의 숙제는 휴대폰으로 자신에게 따뜻한 문자메시지를 보내는 거였다. 갑자기 어디선가 흐느끼는 소리가 들려왔다. 뒷줄에 앉은 여자분이 한참을 흐느끼면서 슬프게 울고 있었다. 강사님께서는 그분에게 따뜻한 위로와 용기를 전해주셨다. 우리는 그렇게 침묵 속에서 조용히 기다려주었다.

사실 우는 것은 괜찮다. 울음으로써 분노를 해소하고, 눈물은 흐르는 시냇물처럼 우리 가슴을 씻어낸다.

-오비디우스

'그래요, 울어도 괜찮으니까 마음껏 우시고 힘내세요. 그리고 다시 일어나서야 해요.' 내가 할 수 있는 건 마음속으로 그녀에게 따뜻한 기도를 올려주는 것뿐이었다. 강연이 끝나고 주차장으로 향하는 그녀의 얼굴이 한층 밝아 보였고 내 발걸음은 한결 가벼워졌다. 전문가 선생님이 그러시는데 마음껏 울고 나면 신체적으로나 정서적으로 안정되고 몸속에 쌓였던 감정들이 밖으로 분출하여 카타르시스 효과가 있다고 하였다.

오늘 그녀의 눈물이 몸과 마음뿐만 아니라 내 영혼까지 깨끗이 씻겨주는 것 같았다. 그런 그녀를 보면서 문득 나 자신을 되돌아보게 되었다. 그럼 나는 왜 울지 않았을까? 나를 사랑하지 않아서? 나는 독한 사람이었을까? 감정이 없어서였을까?

그랬다. 나는 사람이 많은 곳에서나 밖에서 울지 않았다. 우는 게 눈치가 보였고 아무리 괴롭고 힘들어도 버텨내는 게 습관이 되어있었던 것이었다. 혹시라도 울고 싶거나 우울할 때면 밤하늘의 반짝이는 별들을 올려다보며 슬픔을 감췄고, 외롭거나 괴로울 땐 음악 속에 파묻혀 노래와 함께 흘려보내곤 하였다.

그동안 내가 울음을 참고 견뎌왔던 것은, 울고 싶지 않아서가 아니라 누군가에게 나약한 모습을 보이기 싫어서였고, 마음이 무너질까 두려워서였던 것 같았다. 회사에 가면 사람들이 많아서였고, 집에 돌아오면 아이들의 초롱초롱한 눈빛을 보면서 내 슬픔을 감춰버렸다.

어느 하루 낮잠을 자다가 잠깐 꿈을 꾸게 되었다. 그토록 그리웠던 어머니와 언니를 만나게 되었다. 공항까지 마중 나온 식구들을 보면서 그동안 가슴에 고였던 눈물을 한꺼번에 쏟아내고 있는 듯하였다. 홍수가 나면 둑이 무너지듯이 미처 막을 수 없었던 눈물이 꿈속에서부터 쏟아져 나와 잠에서 깨어나 보니 베개를 흠뻑 적셨다. 그리고 흐느낌 소리는 여전히 목구멍에서 훌쩍이고 있었다. 마음속 한가운데서 누군가가 부드러운 목소리로 말을 거는 것 같았다. "울어도 괜찮아, 울어도 괜찮아."

눈물은 슬픔의 말 없는 언어이다

-볼테르

정말 울어도 괜찮을까?

누군가가 그랬다. 마음속에 눈물이 고이면 썩게 되고, 그것이 몸속 깊은 곳에 숨어서 병이라는 고통으로 모습을 드러낸다고 말이다. 눈물로 눈물샘을 통하여 마음의 아픈 상처를 씻어내고 내면의 감정 찌꺼기들을 씻어낸다고 하지 않은가? 눈물도 밖으로 나와 햇빛을 받을 때 마음도 편안하고 따뜻해지기도 하는 것처럼 말이다.

어쩌면 그동안 나는 자신을 가면 뒤에 꼭꼭 숨겨두고 포장해왔던 것 같다. 비록 마음은 울고 있지만, 입가에는 살며시 미소를 짓고 있는 것처럼 말이다.

오늘부터 힘들거나 괴로울 때 나에게 위로의 문자를 보내면서, 울어도 괜찮다고 말해주고 싶다. 그동안 남들한테 다정하게 해주었던 것처럼, 잘해주려고 다독이면서 애쓰던 거처럼 나 자신에게도 그런 위로가 필요하다. 그럴 땐 "울어도 괜찮아."라고 말해주면서 자신을 안아주고 보듬어주기를, 한평생 함께하는 나 자신에게도 아낌없이 사랑해 주기를, 그렇게 오늘도 나와 함께, 울고 웃으면서 행복한 하루가 되길 기대해본다.

조건 없이 "무"조건이다

우리 집 앞에 큰 나무 한 그루가 있다. 밤이 되면 나뭇가지에 달
이 걸려있고, 낮이 되면 해님이 빛을 뿜으면서 나무 사이를 비집고
들어온다. 나무는 때론 새들의 은신처가 되어주기도 하고, 각종 벌
레들의 휴식처가 되어주면서 산속의 많은 이들을 품어주고 지켜준
다.

나무에 걸려있는 달도, 나무 사이사이에 빛을 비추는 해님도, 산
들산들 불어오는 바람도 저마다 나무라는 부모의 품속에 안기고 싶
은 듯, 너도나도 비집고 들어오는 것 같다. 비가 오면 적셔주고, 눈
이 오면 앙상한 나뭇가지가 되어서도, 자식을 달래는 엄마의 등처
럼 말없이 업어주기도 한다. 가을이 되면 아름다운 단풍 옷을 갈아
입고 사람들의 우울한 기분을 가셔주는가 하면, 여름이 되면 시원

한 그늘을 만들어주면서 쉬어가라고 손짓하기도 한다.

이처럼 나무는 모든 것을 무조건으로 받아들이고, 무관심 속에서도 제 자리를 꿋꿋이 잘 지켜나가면서, 무소유와 무가치로 기꺼이 자신을 내어주기도 한다. 때론 자신을 내려놓고 모든 것을 허용하고 받아들이고 지켜주면서, 세상을 향해 선함을 베풀어가기도 한다.

예전에 회사에 다닐 때 아는 동생이 있었는데 서른 살 중반이 넘도록 결혼을 하지 않았고 애인이 없었다. 사람들이 혹시 눈이 높은 거 아니냐고 한마디씩 하면, 그런 건 절대 아니라고 하였다. 하지만 자신이 보는 남자의 기준이 일단은 본인보다 인물이 좋아야 하고, 똑똑하며 이왕이면 돈이 조금 있고 착한 남자였으면 좋겠다고 하였다.

그러던 어느 날, 뜬금없이 나보고 조건이 괜찮고 좋은 남자 있으면 소개해달라고 하였다. 나는 곰곰이 생각해 보았다. 모든 면에서 좋아 보이거나 좋은 사람은 이미 남의 남편이나 애인이 되었을 가능성이 높았다. 그리고 돈이 많은 남자는 밤낮으로 돈을 굴려, 더 큰돈을 만드는 생각에 빠져 가정을 소홀히 할 것이고, 잘생긴 남자는 자기 스타일이 구겨질까 봐 외모에만 신경 쓰거나 바람둥이일 가능성이 높다.

착한 남자는 따뜻하고 정이 많아서 안전감은 있지만, 밖에 나가면 다른 여자들에게도 똑같이 잘해주고 정이 많을 것이다. 이 모든 것은 내 생각이고 추측일 뿐. 결론은 그녀가 원하는 조건과 일치한 남자는 없다는 것이다.

결혼이란 서로 다른 두 세계가 만나서 너에게 나를, 내 안에 너를, 두 사람을 향한 모든 사랑으로 담긴 우주가 하나로 되어가는 과정이기도 하다. 서로 비우고 채워가는 과정에서 나의 즐거움보다 그 사람을 먼저 행복하게 만드는 나무처럼, 자신을 희생하고 든든하게 지켜주면서 언제나 따뜻하게 품어주는 그런 사랑이 믿음직하고 아름다운 사랑이 아닐까싶다.

결혼은 한 권의 책과 같다고 한다. 두 세계에서 살던 사람이 서로 만나 가슴 설레며 행복한 사랑을 하기도 한다. 서로 이해하고 양보하면서 그 위에 둘만의 이야기를 만들어가고 완성해가는 것이 아름다운 결혼이기도 하다. 사랑의 씨앗으로 자녀라는 열매를 맺으면서 사계절을 맞이하고 감싸주기도 하면서 말이다. 그리고 가정이라는 울타리를 균형 있게 잘 살아가는 것, 또한 한 그루의 나무처럼 든든하고 아름답지 않은가!

오늘도 나는 집 앞에 한껏 폼을 잡고 멋스럽게 땅을 향해 내리드리운 나무를 보고 말을 걸어본다. 나무의 뿌리는 땅에 있다면, 사람의 뿌리는 마음에 있지 않을까 하는 생각에서다. 마음의 뿌리가 든든하면 외부의 환경에 흔들리거나 쉽게 무너지지 않기 때문이다. '무'조건인 나무처럼 조건을 따지지 않고 나와 잘 맞는 사람, 잘생긴 사람보다 나에게 잘해주는 사람, 겉모습이 화려한 사람보다 나에게 솔직하고 진심이 담긴 사람, 이런 사람이 좋다고 나는 생각한다.

오늘도 얼마나 손해 볼까 하는 마음에 계산기를 달고 사는 사람들에게 나무는 가르쳐준다. 진정한 가치란, 힘든 사람에게 자신을 내어주고 선함을 베풀어 줄 때 생기는 거라고. 겉면을 보고 판단하고 화려함에서 벗어나지 못할 때 나무는 알려준다. 조건을 따지고 겉면으로 판단하는 대신 내면의 아름다움이 삶을 밝게 만드는 거라고. 남들처럼 부자거나 잘 나지 않더라도 묵묵히 받아들이고 제자리를 지키고 있으면, 앙상한 나뭇가지에 어느새 봄이 와서 초록 옷을 입혀준다고 말이다.

주어진 삶에 만족하고 감사하게 생각하면서, 소소한 일상을 행복하게 사는 것 또한 잘 사는 삶이지 않을까? 나무처럼 조건 없이 '무'조건으로 매일 하루를 살아가는 것처럼 말이다.

오늘도 내 삶에 나를 내어 놓는다

우리는 매일 매 순간을 선택 속에서 살아간다. 지금, 이 순간 내가 스탠드를 켜놓고 책상에 마주 앉아 글을 쓰는 것도, 오늘의 삶을 살아가는 것도, 남편을 만나 결혼을 한 것도, 7살인 딸과 7살 터울인 14살 아들을 키우는 것도 전부 다 내 선택의 결과물이다. 그리고 책을 많이 읽고 독서를 맘껏 하기 위해 하루에 10시간 이상 피곤함에 절어 다니던 회사를 그만둔 것도 나의 과감한 선택 속에서 이루어졌다.

나는 책 속의 지식과 지혜를 만나면서 돈으로 살 수 없는 감정들을 하나씩 이해하고 배워나갔다. 그 동안 회사를 다니면서 손꼽아 기다리던 월급이 통장에 들어오면, 물질의 풍요로움에 둘러싸여 되는대로 카드를 긁은 적이 많았다. 쌓여있는 영수증을 보면서 돈을 아껴야겠다고 다짐하면서 말이다. 손가락 한 번의 터치로 갖고 싶은 물건들이 집 문 앞까지 배달되었지만, 덩그러니 남겨진 빈 박스는 허무한 내 마음을 달래주거나 채워주지 못했다.

회사를 그만두고 얼마 지나지 않아 남편의 몇 안 되는 월급으로, 매달 꼬박꼬박 월세 내랴 애들 학원 보내랴 생활을 하려니 돈이 턱없이 부족하였다. 하지만 독서를 많이 할 수 있다는 욕심에 그 어떤 막노동이던, 나 자신을 이겨내고 견뎌낼 수 있을 것 같았다. 시간당으로 일하는 알바는 일이 비록 힘들지만, 일하는 시간이 짧고 시간을 조절할 수 있어서 여유로웠다. 하지만 요즘 경기가 안 좋으니 들어오는 일자리는 별로 없었다.

어느 날, 동네 아는 언니한테서 연락이 왔는데, 마늘 작업하러 같이 가자고 제안하였다. 돈을 벌어야 했던 나에게 일자리가 주어진 것만으로도 감사하게 생각하고 닥치는 대로 받아들였다.

오늘도 내 삶에 나를 내어놓는 시간이었다.

마늘 작업은 밭에서 잘 자란 마늘을 뽑아 자르고 묶는 일이었다.

차를 타고 1시간 넘게 달리는 거리를 이동하기 위해, 새벽 3시에 일어나 애들 밥 챙겨놓고 4시 20분에 집에서 출발했다. 우리를 태운 봉고차가 반 정도 지날 즘, 어렴풋이 밝아오는 새날에 기대여 책을 펼쳤다. 아쉽게도 몇 장밖에 못 읽었는데 시간이 금방 지나갔다. 아직은 독서에 익숙하지 못하다 보니 속독하기엔 내게 무리였다. 천천히 읽더라도 책 속의 잘 볶아 놓은 글들이 영양가가 되어, 내 몸에 흡수되고 잘 전달될 때까지 읽고 또 읽었다.

밭일을 하러 온 일군들 중에서 나와 언니가 제일 젊어 보였다. 다른 사람들은 이 분야에서 오랜 경험을 쌓아온 어르신들이었다. 언니와 나는 서로 도와가면서 어르신들의 밭고랑을 열심히 따라잡아야 했다. 얼마 지나지 않아 햇볕이 쩡쩡 내리쬐는 탓에 후덥지근한 뜨거운 공기에 숨을 쉬기조차 어려웠다.

언니와 나는 모자와 토시, 마스크로 온몸을 꽁꽁 감싸고 되도록 햇빛을 차단했다. 마늘을 뽑고 털면 흙먼지가 도처에 날려 콧구멍, 귓구멍, 목구멍을 침범하는 탓에 뜨거운 날씨에도 마스크 착용은 필수였다. 일이 고되고 힘들수록 나는 꼭 많은 책을 읽고 그동안 잃어버린 삶을 되찾아 나만의 큰 그릇을 만들겠다는 간절한 바람과 욕망을 마음속에 품고 살았다.

나는 이런 어리석은 선택과 판단이 후회로 남지 않길 바라면서 잘 해낼 수 있다는 믿음을 가지고 더욱더 열심히 일했다. 가끔 길에서나 마트에서 전에 다니던 회사 동료들과 부딪칠 때가 있었다. 다들 호기심 어린 눈빛으로 항상 제일 먼저 건네는 말이 요즘 무슨 일을 하고 있냐고 궁금해하였다. 처음엔 대답하길 꺼렸고 망설였지만, 이제는 막노동한다고 당당하게 말할 수 있었다. 그리고 꿈을 위해 포기하지 않는 일도 함께하고 있다는 말은 생략하고서 말이다. 이제는 누가 뭐라고 하든 뒷담화가 두려운 시선에서 벗어나 움츠러들지 않기로 마음먹었다. 나를 보는 시선 때문에 하고 있는 일을 그만둘 생각은 전혀 없었다. 나는 나답게 사는 길을 선택하기로 했으니까.

지금 내가 겪고 있는 모든 고난과 시련이 쌓여서 소중한 경험이 되고, 내가 그것을 딛고 앞으로 나아갈 수 있는 발판이 되고 동기부여가 될 수 있을 것이다.

사람은 누구나 자신의 선택과 생각에 맞은 삶의 방식대로 살아간다. 내 인생의 주인은 바로 나 자신이고 내 인생은 내가 책임지고 방향을 이끌어나기기 때문이지 않을까 생각한다. 인생에는 정해진 길이 없고 정답이 없다고 한다. 내가 살아가는 매 순간이 경험이고 배움인 것 같다.

인생은 선택의 연속이라고 하였던가. 우리는 수많은 선택 속에서 하루를 살아간다. 꿈과 현실을 넘나드는 선택의 갈림길에서, 망설이거나 잘못된 선택을 할까 봐 불안해하기도 한다. 인생에는 정답이 없듯이 옳고 그름도 없다. 결론이 어찌 되었든 내가 선택한 삶을 존중하면서 최선을 다한다는 것이 어쩌면 소중하고 현명한 삶을 살아가는 방법이기도 하고, 나 자신을 존중하고 사랑하는 최고의 삶이기도 하다.

잘못된 결과더라도 있는 그대로의 자신을 받아들이는 것이 삶을 더 긍정적이고 행복하면서, 세상을 살만하게 만드는 선택의 결과가 되지 않을까 생각해 본다. 그러니까 선택의 갈림길에서 무엇을 선택하느냐가 중요한 게 아닌 자신이 선택한 결과를 쿨하게 받아들이는 것이다.

마음의 시간

흔히들, 10대는 시속 10km, 40대는 시속 40km로 시간이 흘러간다고 한다. 그러면 70대의 친정엄마는 시속 70km란 말인가? 요즘 들어 엄마와 영상통화를 할 때면 너무 빨리 달리는 시간 앞에서 우리는 한숨을 내쉬곤 한다.

엄마는 자주 생기는 건망증 때문에 찾는 물건마다 어디에 두었는지 기억이 나지 않아 하루에 집을 몇 번이고 뒤질 때가 많다고 하셨다. 그러면서 마흔에 들어선 딸들을 보고 너희들은 언제 그렇게 나이를 먹었냐며 슬퍼하기도 하시고 나만 혼자 늙게 해달라며 세월을 한탄하시곤 한다. 나는 그러시는 엄마야말로 아프지 말고 지금처럼만 건강하게 오래오래 사시라고 말씀드렸다.

이 세상 모든 사람 앞에는 하루 24시간이라는 평등한 시간이 주어져 있다. 하지만 시간이 흐르는 속도는 저마다 다르다. 어떤 사람은 한 시간이 하루와 같이 지루하게 느껴지고, 어떤 사람은 하루가 한 시간처럼 짧게 느껴지기도 한다. 시간이 우리의 마음 안에서 살고 있는 것처럼 말이다. 마음의 시간이 참 신기하게도 몰입하고 집중이 잘 될수록 빨리 지나간다. 그 때문에 시간을 내 편으로 만드는 것은 마음먹기에 달려있다고 말해주는 것 같다.

어릴 때부터 학교와 집이라는 틀에 갇혀서 집안 살림을 돌보다 보니 내게 주어진 시간은 별로 사용하지 못했다. 하루빨리 커서 온전하고 완전한 내 시간을 되찾고 싶었다. 하지만 인생의 오후쯤에 들어선 지금까지도 무지한 삶 속에서 허덕이며 항상 돈과 시간의 노예로 살다 보니, 역시나 시간은 그냥 흘러가고, 시간을 유용하게 사용하는 데는 아직도 많이 서투르다.

시간에 대한 명언과 시간에 관한 책들이 넘쳐나지만, 시간에 쫓기거나 끌려다니면서 시간 관리 부족으로 힘들게 사는 사람이 많은 것 같다. 나 역시 많은 시간을 하수구에 쏟아부으면서 살아왔지만 말이다.

어느 날, 나는 아는 언니와 함께 블루베리 따는 아르바이트를 하였다. 언니는 블루베리를 따면서 생각처럼 일이 잘 풀리지 않는 인생을 탓하면서 긴 한숨을 내쉬었다. 항상 최선을 다해 열심히 살고 있다고 생각하는데 좀처럼 줄어들지 않는 빚 때문에 나약하고 지쳐가는 모습에서 어두운 그늘이 떠나질 않았다. 안타까운 마음에 언니한테 물었다.

"언니, 만약에 지금 언니의 앞에 충분한 자금과 충족한 시간이 주어진다면 무엇부터 하고 싶어요?" 듣기만 해도 기분이 좋으셨는지 어두운 얼굴에 내려앉았던 그늘이 사라지면서 언니는 나를 향해 미소를 지어보였다. 그러더니 여행도 가고 싶고 자격증도 따서 고정된 일자리를 구하고 싶다고 하였다. 하지만 이 모든 것은 돈과 시간이 부족하기에 나중에 생각할 일이라고 하였다. 무거운 삶의 무게에 짓눌려 우선 돈을 벌어야 했고 먹고 사는 것에 중심을 기울이다 보니 그런 생각은 돈이 많은 사람들이나 시간에 여유 있는 사람들이 가능한 일이라고 생각한 모양이다.

만약 지금까지 이어오던 삶을 잠깐 내려놓고 지금 내 앞에 원하는 것만큼 쓸 수 있는 충분한 시간이 주어진다면 무엇을 할 것인가? 내가 아는 대부분 사람은 다시 나가서 새로운 직장을 구한다든지, 재미있는 게임을 한다든지, 하루 종일 잠만 자고 싶다든지, 맛있는 것을 먹으면서 해외여행을 떠나고 싶다고 한다. 물론 그 외에도 많겠지만 그동안 살아왔던 힘든 삶의 무게에 지친 몸과 마음이 그대로 드러나 있는 모습을 볼 수 있다.

우리는 어릴 때부터 주어진 시간에 자신을 맡기고 바쁘게 끌려다니는 것에 익숙하다 보니 어쩌면 시간이라는 마취제에 감각을 잃어버렸을지도 모른다. 내 의지와 무관하게 시간에 휘둘리고 다른 사람한테 시간을 빼앗기거나 내어주는 것도, 내 시간을 돈으로 바꿔 먹고사는 일에만 집중하는 것도 내 앞에 주어진 시간을 당연하게 생각하기 때문이 아닐까 싶다. 시간은 그대로인데 내 생각이 변질되어 있는 것은 아닌지 다시 한번 내 삶을 되돌아본다.

나는 그동안 퍼즐을 맞추듯이 흩어지고 틈새로 빠지는 조각난 시간을 긁어모아, 내 편으로 만드는 방법을 생각해 봤다. 진정으로 원하는 것을 간절히 바라고 이루어지게 하고 싶다면, 잘 굴러가는 수레처럼 꾸준함과 노력이라는 두 바퀴의 평행을 유지하면서, 동시에 굴러가야 탈 없이 원하는 곳까지 잘 빠져나갈 수 있듯이, 시간을 잘 다루는 습관부터 배우고 익혀나가는 게 우선이 아닐까 싶기도 하다.

평일에 시간을 잘 다룬 사람과 그렇지 못한 사람의 성공과 실패의 차이를, 수년이 지난 뒤 모든 것을 증명해주는 건 그 동안 시간을 어떻게 잘 사용하느냐에 달려있다. 우리가 숨을 쉬고 즐길 수 있는 시간은 태어남과 죽음의 사이이다. 때문에 인생은 길다면 길고 짧다면 짧다. 어느 책에서 시간과 인생은 흐르는 강물처럼 일방통행이라고 하였던가. 내 앞에 주어진 시간을 어떻게 잘 경영해 나가고, 후회 없이 살지는 완전히 나 자신의 몫이 인 것 같다.

영국의 문학가 새뮤얼 존슨은 "짧은 인생은 시간 낭비에 의해 더욱 짧아진다."라고 하였다.

오늘 하루 이 순간 하는 일이 즐거우면 시간은 빠르게 지나가고, 지루하면 시간은 더디게 흘러간다. 시간은 내 마음과 생각의 크기에 따라 변화하고 존재하는 것처럼 말이다.

시간, 시간은 시계에만 있는 것이 아니다. 시간은 마음먹기에 달려있듯이 내 마음 안에 존재하기도 한다.

인생 이어달리기가 아닌 함께 달리기

우리의 삶은 이어달리기와 같다. 어제에 이어 오늘을 달리고 오늘을 이어 내일을 달린다. 과거에 이어 지금을 달리며 지금을 이어 미래를 달린다. 조부모에 이어 부모가 달리고 부모에 이어 내가 달린다. 달리는 중에 넘어지기도 하고 상처에 멍들기도 하면서 계속 이어 달린다. 열심히 달리다 걸려 넘어지면 어떤 사람은 '달리다 보면 그럴 수도 있지'라고 생각하면서 툭툭 털고 일어나 다시 달리는 사람이 있는가 하면, 어떤 사람은 세상과 환경을 탓하면서 한탄하는 사람도 있다.

지혜로운 부모는 자식이 넘어지면 격려해 주면서, 다시 일어서는 방법과 장애물을 슬기롭게 뛰어넘는 방법을 가르쳐준다. 하지만 그렇지 않은 부모는 자신의 짐을 넘겨주면서 인생을 무겁고 나약하게 만들게도 한다. 그 짐이 어떤 것이든 말이다.

어찌 됐든 우리는 매일 이어달리기 속에서 오늘을 살아간다. 앞으로 열심히 달리지만 어떨 때는 희미한 안개가 내려앉아 길이 잘 보이지 않을 때도 있다. 그러다 어느 순간 내가 무엇 때문에 어디를 정신없이 달려야 하는지를 문득 깨닫기도 한다. 그러고는 달리기를 잠시 멈추고 방황하다가, 왔던 길을 다시 되돌아보면서 망설이기도 한다. 잠시 멈춰 섰을 뿐인데 남보다 뒤떨어질까 불안해하기도 하고, 게으름을 피운다는 남의 시선이 두렵기도 하여 다시 이어달리기를 반복한다.

과연 이 길이 처음부터 내가 선택한 길인지, 선택받은 길인지 잠시 헷갈리기도 하면서 말이다. 그리고 어디를 향해 달리는 누구인지도 모른 채, 익숙한 길을 따라 끊임없이 달리기도 한다. 중요한 건 무엇이든 결국 내가 선택한 것인데도 다른 사람을 원망하고 탓하기도 한다. 선택받은 길을 택한 것도, 부모님의 말씀을 따르기로 한 것도 나 자신인데도 말이다.

하지만 어떤 사람은 잘 보이지 않는 길을 선택하여 열심히 달리는 대신, 어디를 향해 달리는지를 스스로 파악하고 방향을 다시 설정하기를 결심한다. 멈추고 잠시 쉬었다가 처음부터 마지막 인생인, 그리고 한 번뿐인 인생을, 자신이 원하는 대로 살아보려고 노력한다. 길이 없으면 배우고 부딪치면서 새로운 길을 만들기도 하고, 다른 사람들이 잘 가지 않는 자신만의 길을 찾아 즐겁게 달린다.

비가 오면 우산을 쓰고, 해가 나면 우산을 접고, 자연의 리듬에 맞춰, 지금 현재를 달리면서 말이다. 내가 좋아하는 것을 이어달리기하다 보면, 결과보다 달리는 과정이 즐겁고, 먹고살기 위해 어제에서 오늘만을 위한, 이어달리기를 선택하면 결과만을 바라보게 되어, 몸과 마음이 힘들어지는 것을 느끼게 된다고 한다.

인생의 반 정도 살아오면서 뒤늦게 깨달은 사실이 있다. 그동안 나는 어제를 이어 오늘을, 부모에 이어 내가 이어달리기를 열심히 하는 것이 당연하다고 생각했다. 가족을 위해 한 푼이라도 모아서 통장 잔고가 어서 불어나길 바랐고 열심히 일해 다른 사람들에게 인정도 받고 싶었다. 열심히 산다는 남의 말이 한 편으로는 뿌듯했고 또 그렇게 사는 게 최선인 줄 알았다.

하지만 어느 날, 체한 지 한 달째 되어도 낫지 않은 증상에 병원을 찾았다가, 의사가 아무래도 큰 병원을 가보라는 권유에 온몸이 오싹해진 적이 있다. 예견하지도 못한 죽음이 나한에게도 덮친다는 생각에 눈물이 앞을 가렸다. 나는 마치 작은 아이처럼 어머니의 손을 꼭 잡고 병원에 가서 전면 검사를 받았다. 검사를 받기 전 내 차례를 기다리면서 어머니의 따뜻한 손길을 느끼며, 세월이 어머니에게 남겨준 눈가의 주름과 귀밑머리에 하얗게 내린 흰 서리가 보였다. 가까이 아주 가까운 곳에서 그렇게 어머니의 냄새를 맡고 사랑을 느꼈다.

그동안 나는 아이들을 키우면서 한 푼이라도 더 벌려고, 아니 월급 명세표의 숫자가 다른 사람보다 작아지는 게 싫어서 전전긍긍하며 하루를 바쁘게 달려왔다. 매일 반복되는 이어달리기만 열심히 하다 보니, 그동안 세월이 내게서 어머니에 대한 마음을 조금씩 앗아가고 있다는 것도 잊고 살아왔던 것이다.

이어달리기를 할수록 점점 지쳐만 갔고 죽음이라는 그림자가 앞을 기웃거리는 것만 같았다. 우주의 나이에 비하면 우리의 인생은 찰나와도 같다고 하였다. 죽음을 맞이하면서 알게 된 것은, 죽음 앞에서는 돈이나 명예를 좇아 살아왔던 것, 남에게 잘 보이려고 애썼던 것들이 부질없다는 것이다. 죽음이 다가왔을 때 대부분의 사람은 이어 달리던 길을 멈춘다고 한다. 그리고 새로운 길을 찾아 나서기도 하고, 좋아하는 일을 하면서 남은 생을 사랑하는 사람들과 함께 뜻깊게 보낸다고 한다.

며칠 뒤, 떨리는 마음으로 건강검진 결과를 보러 병원으로 갔다.

다행히 스트레스성 장염이었다. 그동안 이어달리기를 하면서 바쁜 삶에 나를 내어놓는답시고, 혼자 고생하면서 힘들게 달리는 것 같았지만, 그 속에는 사실 부모와 가족이 모두 함께 달리고 있었음을 세월이 가만히 알려주었다.

눈에 띄게 커가는 아이들, 내 옆에서 조금씩 어머니를 빼앗아 가는 세월이, 자연의 순리와 이치를 깨닫게 해주는 것 같았다. 혼자서 열심히 달리면 후회만 남는 거라고. 때로는 쉬어가면서 지금, 이 순간을 함께 천천히 달리라고 말이다. 인생은 혼자서 이어달리기가 아닌 함께 달리는 거라고.

내 인생의 주인인 나에게

"네가, 책을 쓴다고?"

"그래, 내가"

"책 쓰는 게 아무나 하는 줄 알아?"

"그래 책은 한글만 알면 누구나 쓸 수 있다고 하더라."

마음속의 두 사람이 경쟁을 벌였다. 물론 몸의 주인은 이기는 마음의 선택을 따르겠지만 오늘만큼은 두 마음의 비슷비슷한 신경전에 도무지 판가름이 나지 않았다.

오늘 이런 일이 벌어진 건 그동안 인생의 밑바닥에서 힘들게 살아온 지난날들이 오늘을 이어 앞으로 계속 이대로 살면, 아무런 변화가 없을 거라는 판단이 나를 혼란스럽게 만들었다. 두려움이 앞을 가렸기 때문이다. 그러면 나를 기다리는 미래의 모습은, 어두컴컴한 죽음으로 파묻힌 무덤만이 나를 마주한다고 하였고, 또 그렇게 생각하니 소름이 돋았다.

하지만 장밋빛 미래가 기다리길 갈망한다면, 내가 지금부터 무엇이라도 창조해야 하고, 무엇이라도 배워야 하며, 무엇이라도 이루어야만 했다. 그래야만 했다. 왜냐하면 어느 책에서 그랬다. 죽음이 우리를 기다리지 않는 만큼 삶도 우리를 기다리지 않는다고. 그때문에 다르게 살아야 한다고 말이다. 내 감정을 읽은 몸 안의 세포들이 혈관 속 곳곳으로 깊게 파고 들어갔다.

사람마다 자신이 좋아하는 일을 하고, 좋아하는 것을 배우고, 좋아하는 것을 선택하여 좋아하는 삶을 살라고 권유하지만, 인생의 뒤늦은 오후에 들어선 나는 좋아하는 일을 하기에는 능력이 부족했고, 좋아하는 것을 배우기에는 돈과 시간이 모자랐고, 좋아하는 삶을 살기에는 여유롭지가 않았다. 하여 나는 내가 좋아하는 것 다음으로 즐기는 것이 독서였고, 돈을 들이지 않고도 도서관에서 책을 무료로 빌려 볼 수 있었다. 시간도 내 맘대로 조절할 수 있고 자유도 내 편이었다.

책을 많이 읽다 보면 생각 그릇에 지식이 차곡차곡 쌓여 생각 주머니가 커가며, 그 안에 점점 많은 양의 글을 담을 수 있었다. 그리고 그것을 잘 소화하여 조금씩 익혀가고 창조하면서 이루어갈 수도 있을 터였다. 나한테는 얼마나 현명한 선택이고 탁월한 생각이고 유일한 방법인가.

나는 무릎을 탁 치며 그렇게 하기로 하였고, 책을 쓰는 마음의 소원을 들어주었다. 더군다나 그동안 내가 일을 하면서 조금씩 읽어온 책들이 밑받침해 주었고, 써놓았던 글들이 조금이나마 마음을 든든하게 지지해 주었다. 그렇다고 어릴 때 글을 써놓은 적이 있거나 일기라도 쓴 적이 있었던 건 아니었다. 맨 처음에 나는 글쓰기에 대해 매우 서툴렀으며 소질도 없었고, 그야말로 아무것도 알지 못한 채 쓰고 싶은 대로 쓰면서 책 쓰기를 시작하였다.

단 한 두 가지가 있다면, 그건 쓸데없는 자존심이고, 알지 못하는 곳에서 굴러들어온 용기와 도전이라고 할 수 있겠다. 사실 나는 두 아이를 키우는 평범한 엄마이고 가족을 위해서라면 막노동이라도 흔쾌히 받아들이면서, 생계를 유지해 나가는 별 볼 일 없는 주부이다. 하지만 처음에 나는 사람들이 하는 독서도 해보고 싶었고 나만의 책도 내보고 싶었으며 지금은 또 그렇게 하기로 선택을 하였다.

예로부터 전해 내려오는 말이 있다. '배보다 배꼽이 더 크다', '철이 없으면 사는 게 즐겁다'라는 말이 있듯이, 나는 무지할 때 책 쓰기에 매달렸고, 아는 것이 없지만 독서를 열심히 하면서 책 쓰기라는 새로운 경험을 해보았다. 그러자 하늘이 나의 간절함을 받아들여 귀인 한 분을 보내주셨다. 그리하여 내 삶에 또 다른 세상의 문이 열리고 새로운 세계가 펼쳐졌다.

누구나 간절함이 있으면 마음이 원하는 길을 따라 걷게 되고, 기회는 스스로 만드는 것이며 역시 자신이 붙잡는 것임을 깨달았다.

글을 잘 쓰는 사람은 책 쓰기가 쉽다고 하고, 글을 못 쓰는 사람은 책 쓰기가 어렵다고 말한다. 그러니까 나는 글을 완전 못 쓰는 왕초보인 사람이다. 하지만 못 쓰는 내가 못 쓰더라도 꾸준히 쓰다 보니 조금씩 늘기 시작하고, 희미한 빛이 서서히 나타나기 시작하는 것이 조금씩 보였다. 마치 짙은 어둠 속에서 발견한 한 줄기의 빛이, 더욱 아름답고 신비한 희망인 것처럼.

글쓰기는 나에게, 내 삶을, 내 인생의 막힌 운을, 조금씩 구멍 뚫고 들어와, 숨을 쉬게 해주는 공기 같은 존재라고 할 수 있겠다.

매번 글 솜씨가 서툴고 부족한 나는 엉터리 글을 쓰면서도, 한 줄을 창조해냈다는 뿌듯한 마음이, 조그마한 자신감을 불러와 잘했다고 칭찬해 주고, 내 마음을 토닥토닥 위로하며 어루만져 주었다. 나는 그동안 이렇게 반복적인 행동으로 글을 쓰게 되면서 책을 쓸 용기를 가지게 되었고 벌거벗은 마음에 자신감이라는 옷을 입혀주었다. 하지만 지금까지도 글쓰기가 힘든 나에게는, 책 쓰기가 쉽다는 말에 속아 넘어간 기분이다. 시작이 있으면 끝이 있다는 말도 있는데, 항상 둥그런 원처럼 시작이 돌고 돌아서 다시 원점으로 돌아올 때가 많았다. 그리고 나에겐 글쓰기가 시작이 용의 머리였다면 뱀의 꼬리로 끝나는, 정신의 막노동이라고 느꼈을 때가 가장 힘들었다. 그럴 땐엔 창문을 열어 시원한 공기를 들이마시면, 신기하게도 멈춰있던 뇌 속의 기계가 다시 작동을 일으킬 때가 있다. 매일 한 꼭지를 써서 책 한 권의 분량이 될 때까지 쓰고 또 썼다. 언젠가는 이 글을 다 쓰고 나면 마음의 뿌듯함을 상상하면서, 쓰고 싶은 내용과 생각나는 글들을 떠올리면서, 손과 마음이 바삐 움직여질 때까지 배려해왔다.

어릴 때부터 독서를 많이 하였거나 직장에서 글을 많이 써온 사람은 책을 혼자서도 잘 쓴다. 하지만 글쓰기 초보인 나는, 도처에 널려진 글들이 사방에 흩어져나가 떨어져 있었고, 한 곳에 묶이지 않았다. 마치 입안에서 채 익지 않은 쌀알들이 제 마음대로 굴러다니는 식이라고 할까? 그리고 이미 써온 글들이, 물속의 콩나물을 건져내, 잘 다듬어서 비닐에 담는 기술과정의 부족함이었다.

하지만 나는 이 모든 것을 조금씩 극복해왔다. 매일 일 마치면 집에 와서 샤워하고 얼굴의 화장이라는 가면을 지워내 민낯을 드러냈고, 잘 보이기 위해 입은 옷이라는 껍질을 벗고, 편안한 복장으로 평범하고 별 볼 일 없는 자신을 드러냈다.

그리고는 하루 동안 있었던 일을 백지 위에 쓰고, 내뱉고 싶은 말들을 끄적이고 쏟아내다 보니 마음의 무거운 가면들도 벗어던질 수가 있었다. 때론 마음의 밑바닥에서부터 올라오는 나약함과 외로움과 분노와 억울함의 감정들이, 종이 위에 모습을 드러낼 때면, 마음 상자 속에서 온 종일 두려움에 떨고, 시커멓게 탔던 심장의 찌꺼기들을 말끔히 씻어내는 기분이 들었다.

글쓰기가 어렵고 두렵고 힘들다고 생각할 때면, 직장 생활 상사에게 혼나는 두려움보다, 회사 또라이한테서 받는 스트레스보다 힘들지 않고, 힘든 막노동보다 어렵지 않다고 생각하며 이겨냈다. 그리고 글쓰기로 마음을 치유하였고, 부정적인 생각을 날려 보냈으며, 혼란스러운 생각을 정리하였고, 고독하고 외로운 마음을 위로받았다. 글쓰기는 때론 힘든 삶을 묵묵히 지켜주었으며, 희망의 씨앗을 품어주었고, 자신감이 부족한 나에게 용기를 일으켜 주었다. 글을 쓰는 시간만이 온전하고 완전한 나 자신을 느꼈으며, 바쁜 삶속에서 허덕일 때, 유일한 안식처이자 숨통이 트이는 시간이었다.

그렇게 하루를 보내면서 글쓰기가 조금씩 달라졌으며 쓰면 쓸수록, 파면 팔수록 조금씩 깊어가는 구멍처럼, 글쓰기 실력이 깊어가는 것을 느낄 수 있었다. 때론 매일 쓰는 글이 내면의 마중물이 되어 펌프질하기도 하였다. 글을 쓰고 또 쓰면 마음의 밑바닥에서부터 그동안 고여 있던 사연들이 기다렸다는 듯이, 마구 뿜어져 나오는 순간을 경험해보기도 하였다.

그럴 때면 혹시라도 빨리 휘발되어버릴까 봐 생각이나 떠오르는 아이디어가 있으면 눈에 보이는, 손에 닿는 노트나 필기구를 쥐고 재빨리 메모해놓았다. 일그러져가는 기억과 뇌의 주름이 구겨져 사라지기 전에, 꼼짝 못 하게 붙잡아 놓으려고 애를 썼다. 그렇게 기억의 세포들이 만들어낸 생각을 잘 다듬어 빚어지면서, 한 개 두 개 문장이 완성되어 나갔다.

때론 글이 정말로 쓰기 싫어지고, 죽고 싶을 정도로 힘들어질 때가 있다. 그것은 내가 글을 잘 쓰고 싶었고, 다른 사람들에게 잘 보이고 싶었고, 관심받고 싶었고, 칭찬받고 싶었는지도 모른다. 한마디로 말하면 글쓰기에 대한 욕심과 집착이, 부족하고 결핍된 나를 불안하고 두렵게 만들었고, 가끔은 한 줄도 쓰지 못한 채 필을 들고 손만 떨게도 했다. 그럴 땐 욕심과 집착을 내려놓고 나를 비우는 과정이 필요했다.

남에게 잘 보이려고 애쓰지 않고, 모든 것을 내려놓고 하루 종일 고생한 나를 위한 글을 쓰는 것부터 시작해보는 것이 좋을 듯싶다. 힘들어하는 회사 동료를 위해 따뜻한 말을 건네주듯이, 나 자신에게도 토닥토닥 위로해주고, 내가 내 아이의 머리를 쓰다듬어주듯이 두 팔로 나 자신을 꼭 안아주고, 내가 가족에게 사랑한다고 말해주듯이, 나 자신에게 괜찮다고 다독여주면서.

글을 잘 쓸려면 나에 대한 믿음과 신념이 중요하다고 하였다. 신념, 이것이 나에 대한 얼마나 중요하고 소중한 믿음인지 나는 꼭 알아야 했다. 신념을 가지면 우주의 모든 것을 내 편으로 만들 수 있는 어마어마한 위력이 생긴다고 하였기 때문이다. 지금의 나 자신을 믿고 변화시키지 않으면, 내일의 삶도 오늘과 다를 바가 없다. 한 번뿐인 인생을 이대로 쭉 살다 보면, 나를 기다리는 미래가 컴컴한 무덤이 되어 입을 쩍 벌려 기다릴 것이고, 글 쓰는 두려움을 이겨내어 나 자신을 믿고 밀고 나아간다면, 긍정적이고 밝은 또, 다른 나로 바뀔 것이라 감히 말한다. 이처럼 두려움을 넘어선 자신에 대한 강한 믿음과 희망의 씨앗이, 오늘도 나를 조금씩 변화시켜주고 바꿔준다고 믿는다. 나 자신을.

글을 쓰는 것은 나를 성장시켜주는 행위이고, 내면을 단단하게 해주는 벽돌이며, 나를 위로해주는 친구이고, 마음속에 네 개의 기둥을 세우는 든든한 기초이다. 네 기둥이라 하면 비전, 열정, 노력, 의지라고 할 수 있다. 그 위에 96개의 정성이라는 탑을 쌓으면 아름다운 집이 탄생하지 않을까 싶다.

Part 05

바로 오늘 행복하기

죽음을 알면 인생을 낭비하지 않는다

큰아이가 2살이 되던 해 내가 죽음과 마주하게 된 경험이 있다. 십 년이 넘은 지난 일이지만 지금도 기억에 생생하다.

그날, 치통이 심한 탓에 집 아래에 있는 약국에서 약을 사서 집에 올라와 한 알을 꺼내 얼른 집어삼켰다. 남편은 2살 된 아들과 함께 컴퓨터 앞에 나란히 앉아 영화를 보고 나는 가만히 앉아 치통이 가라앉기를 기도했다. 한 알의 약이 물 한 모금과 함께 목구멍을 통과해 아픈 곳을 빨리 치료해 주기를 바라면서 약이 내 몸 안에서 퍼져나가는 장면을 상상했다.

얼마 지나지 않아 갑자기 몸이 뜨겁게 불에 타들어 가는 것 같았다. 고통스러운 열기가 머리끝까지 치솟아 오르면서 숨이 올라오지 않았다. 몸 안의 깨어있는 세포들이 외부로부터 침입해 들어온 것이 약이 아니고, 적이라는 걸 재빨리 인지하고는 이를 받아들이지 않기 위해, 시위를 벌여 완강히 맞서 싸우는 것 같았다. 그리고 함께 힘을 모아 위를 마구 펌프질하여 먹었던 음식을 있는 힘껏 밖으로 밀어냈다. 나는 고통 속에서 몸부림치며 왈칵왈칵 토해냈다.

혼비백산이 된 남편은 119에 전화를 하였고, 마침 우리 집 근처에서 일하시는 시아버님께 아이를 맡겼다. 1분 1초가 위급했던 상황에 구급차를 기다릴 여유 없이 남편은 축 늘어진 나를 업고 계단을 향해 뛰었다. 그렇게 내 기억은 거기까지였다.

얼마나 지났을까? 의식은 돌아왔지만, 앞이 안 보였다. 의사 선생님은 몸속의 독이 완전히 사라질 때까지 한참 동안은 앞이 안 보일 거라고 말씀하셨다. 세상은 점점 캄캄해지고 멀어져만 갔다. 시계도 바늘을 숨겼고 텔레비전도 모습을 감춘 것 같았다. 경적을 올리며 도로 위를 달리는 자동차 소리는 밤인지 낮인지 상관하지 않았고, 해님과 달님도 밤낮으로 제 갈 길을 가는 것 같았다. 세상도 아랑곳하지 않고 잘만 돌아갔고, 창밖의 사람들은 웃고 떠들며 자신만의 삶을 알차게 살아가면서 이야기를 만들어 가고 있었다.

나중에 알게 된 사실은, 내가 먹었던 치통약은 먹는 것이 아니고, 입안 아픈 곳에 넣었다가 진통이 가라앉으면 다시 뱉어내는 거였다. 뭐랄까? 독벌레 껍데기로 만든 독이 가득한 약이라고 표현하면 될 것 같다. 설명서를 보지도 않은 채 독약을 삼켰으니 몸 안의 세포들이 가만히 있을 리가 없었다.

죽음을 경험하거나 생사를 넘나들면서 죽음의 문턱에 갔다 온 사람은, 삶에서 보이지 않던 것이 보이고, 일상의 소중함을 알게 되었다고 말한다.

나는 그렇게 죽음에 가까운 고통스러운 순간을 경험했다. 퇴원하는 날, 숨을 쉬고 살아있음에 감사했고, 가족의 소중함과 지금, 이 순간의 소중함을 깨닫게 되었다.

'죽음은 높은 자나 낮은 자를 평등하게 만든다.'는 명언이 있다.

누구나 한번은 꺼지는 촛불처럼 하나뿐인 생명도 함께 사라질 날이 온다. 죽음 앞에선 부자와 가난한 자, 강자와 약자 누구나 할 것 없이 평등하다고 하였다. 아무리 강한 사람도, 도도하고 당당한 사람도, 예상치 못한 상황에 죽음의 위기를 느끼면, 공포가 밀려와 어디든 도망가려고 발버둥질 친다. '인생은 동전의 양면과도 같다'라는 말이 있지 않은가. 어쩌면 삶과 죽음은 얇은 벽을 사이에 두고 공존하고 있는지도 모른다.

내 나이 마흔에 들어선 오늘, 인생이라는 삶의 뒤늦은 깨달음과 함께, 마음의 영혼은 성장하려고 애쓰면서, 발버둥질을 치고 있다. 그동안 나는, 죽음에 대해 멀리 바라보던 한 사람이다. '아직 젊어서 괜찮겠지. 앞날이 창창한데'라는 삶에 대한 대수롭지 않은 태도가, 나 자신을 무지하고 무심하게 만들었다. 이번 경험을 통해 죽음은 우리의 곁에 아주 가까이에 있으며 항상 고개를 기웃거리고 있다는 것을 느꼈다. 죽음을 통하여 살아가는 모든 순간의 소중함을 깨달았고 현실에 더욱 집중하는 삶을 선택하게 되었다.

삶의 끝에는 죽음이 있다. 겨울이 가면 봄이 오는 게 당연하듯이. 해가 서쪽으로 지는 것 또한 당연한 것처럼 죽음도 마찬가지라고 한다. 죽음을 알면 누구나 인생을 낭비하지 않는다. 지금, 소중한 이 순간처럼.

건강을 잃으면 세상을 잃는다

어느 날, 아는 언니와 함께 건강보험 강의를 들었다. 선생님의 재치 있는 말솜씨와 유머로 강의실은 웃음바다가 되었다. 그리고 질문하셨다. 만약에 부자, 직위, 명예, 행복, 건강 중에서 자신이 원하는 한 가지를 선물해 준다면 무엇을 선택할 것인가?

사람마다 원하는 것이 제각각이었지만, 나는 건강을 선택하였다. 부자는 잃은 돈을 다시 벌면 되고, 행복은 외부가 아닌 내면에 존재하기에 긍정적인 삶을 선택하여, 나 자신이 마음먹기에 달려있고, 직위나 명예를 잃으면 물론 마음이 아프겠지만, 건강을 잃으면 위의 모두를 잃는다고 해도 과언이 아니라고 생각했기 때문이다.

현시대의 흔한 질병인 암은, 나이와 상관없이 때를 가리지 않고 찾아온다. 개개인의 안 좋은 생활습관에 따라 병은 다양하게 나타나지만, 죽음의 문턱까지 갔다 온 사람은 인생의 소중함과 감사함을 깨닫기도 한다. 그리고 원하는 것을 이루기 위해 노력하고 도전하면서, 긍정적이고 밝은 모습으로, 새로운 삶을 받아들이고 살아간다고도 하였다.

> 재산을 모으기 위해 건강을 해치지 마라. 건강이 곧 재산이다.
>
> -베이컨

우리는 먹고살기 위해 건강을 바치고, 내 몸을 기계처럼 다루고 혹사해 돈벌이 수단으로 이용한다. 하지만 건강을 잃고 나면 그제야 돈으로 잃어버린 건강을 되찾을 수도, 바꿀 수도 없다는 걸 깨닫고 후회한다. 건강이 곧 재산이라는 말이 있는 것처럼. 건강을 잃었을 때, 건강만이 이 세상에서 제일 아니, 유일한 희망이고 최고라는 것을 일깨워준다. 또한, 건강을 잃었을 때 건강이, 우리에게 이루고 싶은 꿈과 자유를 마음껏 누릴 수 있고, 즐길 수 있게 해주며, 마음껏 먹고 자고 사랑하고 기뻐하고 행복하게 할 수 있는 혜택을 주었음을 느끼게 해준다.

몇 년 전에 있은 일이다. 매일 이렇게 행복해도 되나 싶을 정도로 가정이 화목하고, 하는 일마다 뜻대로 잘 풀리는 어느 여름의 오후였다. 나는 콧노래를 흥얼거리면서 햇빛이 잘 들어오는 창가 옆의 소파에 몸을 기대여 진동 소리와 함께 울려오는 전화를 받았다. 전화기 너머로 들려오는 남편의 슬픈 목소리에서 묻어나오는 한마디에 하마터면 손에 들고 있던 전화기가 미끄러지면서 땅에 떨어질 뻔했다. 시어머니가 대장암에 걸렸다는 충격적인 소식이었다. 나는 떨리는 목소리를 삼키고 시어머님이 계시는 병원을 향해 정신없이 뛰어갔다.

예상치 못한 대장암 진단 결과에 많이 놀라셨을 텐데도, 시어머니는 놀란 표정을 하고 있는 내 마음을 먼저 다독여주셨다. 하나뿐인 아들인, 그리고 며느리인 내가 6개월 남짓이 병원에서 시어머니의 간병을 도맡았다. 처음에는 많이 서툴렀지만 정성과 최선을 다해 삶의 기술을 하나씩 배우면서 익혀나갔다.

그동안 병실 안의 많은 암 환자들의 대화 내용을 들으면서, 매일 환자 옆에서 맴도는 내가 몸은 비록 정상이지만, 정신은 암에 걸린 환자나 마찬가지였다. 암 환자의 이야기 중심은 항암치료에 관한 것들이나 암에 좋은 음식, 그리고 암에 좋은 운동이나 먹지 못하는 것, 먹지 말아야 할 것, 주의해야 하는 점 등 암에 관련된 지식을 저마다의 성격으로 수다를 늘어놓았다. 그리고 암에 걸린 것은 사형선고를 받은 거나 다름없다고 환자들은 말하기도 하였다.

하지만 시어머니는 항상 긍정적인 생각과 열린 마음으로 암과 맞서 싸우지 않고, 친구처럼 잘 지내온 덕분에, 기적이 기적처럼 찾아왔다. 시어머님은 심리적으로 안정된 마음의 틀이 모든 아픔과 시련을 견뎌내고, 자신을 지킬 힘은 외부가 아닌 내면에 존재한다고 말씀하셨다.

건강을 잃으면 세상을 잃는다. 건강은 행복한 삶의 원천이기도 하다. 우리의 건강은 삶을 자유롭고 아름답게 만들지만, 병든 몸은 후회와 절망을 불러들인다. 건강한 정신과 건강한 몸은 건강한 삶을 만들어간다. 오늘의 건강한 식습관과 생활습관이 건강한 오늘의 나 자신이라고도 할 수 있겠다.

내가 건강해야 가족에게, 그리고 필요한 모든 상황에 나설 수 있고, 내 아이를 지켜줄 수 있는 든든한 울타리가 되어준다. 건강이 있어야 세상이 있고, 세상의 모든 것이 건강으로부터 시작되는 것처럼 말이다. 건강, 오늘도 건강을 위해 건강한 하루, 건강한 삶을 살아가려고 노력한다.

버려야 행복해지는 것들

그동안 나는 돈을 한 푼이라도 모으기 위해, 같은 회사에 다니는 언니나 지인분들이 주시는 물건을 받아쓰곤 하였다. 덤으로 얻어지는 것은 이득이라고 생각하면서 말이다. 회사에서 퇴근하고 나면 고단한 삶에 지쳐서, 집을 대충 정리하는 날이 갈수록 많아졌다. 그러다 주말이 되면 쌓이고 쌓인 물건들이 집의 공간을 독차지하였다.

한 번씩 이사할 때마다 많은 것을 버렸다고 생각했지만, 내 마음이 정리가 안 되다 보니 물건들은 여전히 집안 곳곳에서 자리를 차지하고 있었다. 그럴 때면 괜히 사춘기에 들어선 큰애한테 타박을 주곤 하였다.

"너 이제 몇 살인데 방이 아직도 이렇게 어지럽니? 정리하면서 살자 좀."

그러면 큰애는 억울하다는 표정을 하며 방에 널려있는 물건을 하나둘씩 정리하기 시작하였다.

어느새 옆에서 가만히 지켜만 보고 있던 작은 아이가 눈치 빠르게 얼른 자기 방으로 뛰어가 빗자루를 들고 청소를 했다. 쓸고 닦는 일이 아직 익숙하지 않아 많이 서툴긴 했지만, 최선을 다하는 모습이 예쁘기만 하였다. 그런 장면을 보고 있으면 언제 그랬냐는 듯이 기분은 금방 풀리곤 하였다. 두 아이가 자기 방을 청소하고 나면, 잊지 않고 칭찬을 아낌없이 해주었다. 깨끗하고 달라진 방을 보면서 아이들도 같이 뿌듯해하였다.

나는 그동안 인터넷과 여러 가지 책들을 보면서 버리는 기술을 조금씩 배워 익혀나갔다. 처음엔 물건을 버리면서 고민하게 되는 것이 너무 많았다.

그러다가 한참을 망설이고 우물쭈물하다가 결국은 아까워서 아무것도 못 버리는 물건들도 있었다. 이건 그때 비싸게 주고 산 안마기니까 '언젠가는 필요하겠지', 저건 예전에 아이들이 좋아하는 장난감이니까, '나중에 조금 커서 다시 버리자', 이 옷도 내가 평일에 잘 입지는 않지만 예쁘긴 한데, 라는 욕심과 집착을 내려놓을 수 없었기 때문이다.

시간이 한참 지나게 되어서야 정리하면서 알게 된 것은, 어떤 물건은 아예 존재조차 잊고 살았던 것이다. 그 자리에는 뿌연 먼지와 거미줄이 이사를 왔고 나의 욕심과 물건에 대한 집착도 함께 자리 잡고 있었다. 나는 나 자신을 변화시키기 위해 그리고 나 자신을 바꾸기 위해, 제일 처음으로 했던 일이 물건 정리에서부터 시작하였다. 그동안 쓰지 않았던 물건을 한쪽에 내버려 두고, 버릴 것을 박스에 담아 한구석에 가득 모아놓았다. 그렇게 쌓인 여러 가지 물건을 보면서 어머니와의 추억을 떠올렸고, 정이 많은 이웃을 머릿속에 그렸으며 힘들 때마다 항상 옆에서 위로해 주고 응원해 주던 친구들도 생각났다.

정리 정돈하면서 많이 놀란 것은, 이렇게 버린 물건들이 집의 한 공간을 가득 메웠다는 사실이다. 후회가 밀려오기 전 재빨리 아는 언니들에게 전화하여, 필요한 물건들을 나누어 주기로 결심하였다. 물건과는 작별 인사를 하는 게 아쉬웠지만, 버릴수록 가벼운 내 마음은 한결 홀가분해졌다.

그리고 그동안 물건의 짐이 내 마음의 짐이 되기도 하고, 삶까지 짓눌러 놓고 있었던 것 같았다. 물건을 버리는 과정은 공간이 깨끗해 질 뿐만 아니라, 내 마음의 찌꺼기들까지 함께 청소하고 있었다. 이와 마찬가지로 비워내고 채워가는 것은, 물건뿐만 아니라 사람의 마음 관계 시간 등 삶의 모든 것이 포함되었다.

존 밀턴의 한 한마디의 말이 떠오른다. "마음은 스스로 자신의 처소이며, 그 안에서 지옥을 천국으로 만들 수 있고, 천국을 지옥으로 만들 수 있다"라고 하였다.

물건을 정리하는 일이 어쩌면 나에게는 마음의 천국으로 가는 길이었을지도 모른다.

예전에는 남들 따라 부자가 되고 싶었지만, 욕심을 내려놓으니 내 앞에 주어진 것에 감동하게 되었고, 내 아이가 다른 아이들보다 뭐든지 잘해야 한다는 비교를 버리니, 가족이 더욱더 소중해짐을 느꼈다. 내 남편이 돈을 많이 벌어야 한다는 욕심을 버리니, 가족의 건강함에 고마움을 느끼게 되었고, 나 자신이 다른 사람들보다 일을 더 많이 하여 인정받고 싶다는 욕구를 버리니, 주어진 모든 것에 감사함이 묻어 나왔다.

물건도 그렇고 마음도 그렇다. 내가 필요한 것 외에는 아끼지 않고 버릴 때, 진정으로 행복한 순간이 찾아오는 것 같다. 어쩌면 나를 변화하게 하는 모든 것이, 버리는 것에서부터 시작될 때, 버릴수록 행복해지고 있음을 느끼는 순간일지도 모른다.

단 1분이라는 숫자 1의 기적

얼마 전 인터넷, 연합뉴스에서 올라온 영상을 보았다. 고기를 먹다가 목구멍에 걸린 한 아이의 위급한 상황이 담긴 영상이다. 터키 동북부에 위치한, 한 레스토랑에서 평화롭게 외식 중인 가족이 식사도 중, 아이가 음식을 먹다 고기가 목에 걸려 그 순간, 죽음의 위기를 불러왔다.

아이의 아빠는 다급히 일어나 아이의 등을 두드리며, 응급처치를 해보지만, 소용이 없었다. 옆에서 이를 지켜보는 엄마의 마음은 얼마나 아팠을까? 또 얼마나 가슴이 철렁 무너져 내렸을까? 숨을 쉬기 어려운 공포감에 아이는 또, 얼마나 무서웠을까? 영상을 보는 나도 너무나 긴장하여 화면에서 눈을 떼지 못하고 숨을 죽였다. 지체할 수 없는 다급한 상황에 엄마는 오열하며 주저앉았고, 아이 얼굴은 파래지고 숨을 못 쉬었다. 평화롭던 식사는 그야말로 아수라장이 되었다.

잠시 뒤 주방에서 달려온 식당 직원이 아이를 건네받아, 침착하게 응급 처치를 하였다. 아이의 얼굴을 아래로 향한 다음, 등을 세게 두드리자 목에 걸렸던 고기가 빠져나왔다. 이를 지켜보던 엄마는 주저앉아 버리고, 아이가 무사한 걸 보고는 그제야 안도하는 장면을 보고, 나도 덩달아 긴장했던 가슴을 쓸어내리면서 숨을 크게 내쉬었다.

많이 놀랐을 아들을 꼬옥 껴안아 주는 엄마와 아이를 살려준 은인에게 감사함을 전달하는 아빠의 모습을 보고, 가슴 밑바닥으로부터 감동의 눈물이 앞을 가렸다. 아이가 생사의 갈림길에서 무사히 빠져나오기까지 단 1분, 식당 직원의 신속한 대응이 소중한 가족을 지켰다. 단 1분이란 시간이 이들 가족에게는, 기나긴 지옥 같은 시간이었을 테고, 단 1분이라는 아주 짧은 순간이 한 아이의 소중한 생명을 살려내어 한 가족의 행복을 지켜냈다.

그동안 우리는 어쩌면 단 1분이란 시간을 시간으로 계산하지 않았고, 금방 지나가 버리는 순간으로 생각하거나 시간으로 여기지 않는 삶을 살았을지도 모른다. 이 영상을 보면서 아찔하고 끔찍했던 장면을 보는 동안, 형용할 수 없는 두려움과 공포감과 그 오열과 절규들이 내 마음속에 고스란히 전달되었다. 내가 두 아이를 키우면서 겪어왔던 일이기도 하고, 그 장면의 감정과 경험들이 지나갔던 내 삶과 겹쳐지는 순간이기도 하였다.

약 8년 전의 일이다. 둘째 아이가 10개월쯤 될 때 우리 가족이 언니 집에 모여서 저녁 식사를 함께하기로 하였다. 친정엄마와 나는 아이를 안고 언니네 집에 먼저 도착하였다. 아직 퇴근 전인 주인도 없는 집에서 엄마는 아이를 보고, 나는 저녁 준비를 하기 위해 주방에서 맥주 컵을 씻고 있었다. 남편도 퇴근하면서 초등학교에 다니는 큰아이를 데리고 올참이었다. 그야말로 평화롭고 행복한 하루였을 터였다.

이때 거실에서부터 들려오는 엄마의 초조하고 다급한 비명소리가 집안의 고요를 깨트렸다. 나는 반사적으로 몸을 돌려 거실을 향해 고개를 돌리니, 엄마의 품에 안긴 아이의 얼굴이 검푸르게 변해가고 있었다. 숨을 못 쉬는 아이는 점점 힘을 잃어갔다.

언제 어디서 무엇을 어떻게 먹었는지 알 수 없지만, 숨을 쉬기 어려워하는 걸 보니 목에 분명 무언가가 걸린 게 틀림없었다. 그때를 떠올리면 지금 글을 쓰고 있는 이 순간에도, 심장이 요동을 치고 끔찍한 상황에 온몸을 몸부림칠 정도로 오싹해오면서 생각하기조차 힘들어진다.

조금도 지체할 수 없는 그 순간, 나는 손에 있던 컵을 내동이 치고 고무장갑을 마구 벗어버린 채, 거실을 향해 정신없이 뛰어갔다. 그러고는 엄마의 품에서 아이를 받아 안았다. 아이의 등을 내 배에 기대게 하고, 몸을 사선으로 기울어지게 안은 다음, 두 손을 배꼽과 명치 사이에 대고 후 상방으로 강하게 밀어 올렸다. 정신이 이미 반 넘게 나가버린 상태에서, 그저 아이가 단 1초만 이라도 빨리 숨을 쉬길 간절히 바라면서 반복적인 행동으로 조그마한 위를 끊임없이 밀어 올렸다.

순간 아이의 입안에서 무언가가 총알같이 튀어나와, 앞에 있는 피아노에 강하게 부딪치면서 커튼 뒤로 튕겨 날아갔다. 정말이지. 조그마한 입안에서 튕겨 나오는 속도가 너무 빨라 피아노에 부딪치는 소리를 듣는 순간 단단한 물체 같은 건 짐작했지만, 무엇인지 알 수가 없었다.

목구멍에 막혀 있던 장애물이 빠져나가고 숨이 트이자, 그제아 힘차게 터져 나오는 생명의 울음소리가, 고통스러웠던 공포의 순간을 깨끗이 씻어주었다. 그날 아이의 울음소리는, 세상에 태어날 때의 첫 울음소리만큼이나 반가운 소리였다. 그 울음소리를 들을 수 있게 되어서 한없이 감사하고 기뻤다. 나는 감격스러움을 감추지 못한 채, 아이의 두 볼에 대고 뽀뽀를 마구 퍼부어댔다.

엄마는 그사이 거실 한가운데 우아하고 아름다운 자태를 뽐내며 멋지게 걸려있는 커튼을, 이리저리 마구 헤집어 놓으면서 문제의 물체를 꼭 찾겠다고 결심하시듯, 구석구석 빠짐없이 샅샅이 뒤졌다. 깨끗하게 정리되어 있던 베란다는 어느새 아수라장이 되었다. 이참에 나도 보물이 아닌 원수를 찾아보자고 몸을 굽혀 찾기 시작했다. 이때 피아노와 커튼 사이로 동그란 물체가 보였다. 얼른 주어서 확인해보니 엄지손톱만 한 크기의 자두 씨였다. 내 손에 든 물체를 확인한 엄마와 나는 그것을 손바닥 위에 올려놓고 뚫어지게 바라보았다.

엄마는 아이에게 보여주면서 "이거 맞아, 응? 할머니가 미안해."라고 하면서 아이의 등을 토닥여주자, 어느새 울음을 그친 아이는 눈언저리가 촉촉이 젖은 채, 언제 그랬냐는 듯이 자두 씨를 보면서 "어, 어"하고 옹알이를 하였다. 집에 돌아온 식구들이 아수라장이 된 집안 곳곳을 보면서 놀라움을 금치 못했다. 설거지하던 컵은 비누 거품을 머금은 채 식탁 밑에 쓰러져 있었고, 고무장갑은 속이 뒤집어진 채 한쪽은 싱크대 위에 다른 한쪽은 거실 바닥에 내동댕이쳐져 있었다.

엄마는 손에 들고 있던 자두 씨를 내보이시며, 이 상황을 무슨 뉴스특보라도 방송하듯이 온 집안사람들을 귀 기울이게 했다. 그러고는 오늘 이 자리에 아이의 엄마가 없었더라면 끔찍한 상황이 벌어졌으며, 하마터면 소중한 생명을 잃을 뻔했으며, 자신이 앞으로 죄책감에 시달려 편안하게 살아가지 못 할 뻔했다는 등, 놀라움을 털어놓는 동안 한쪽 가슴을 쓸어내리면서 비 오듯이 쏟아냈다. 나도 이렇게 무서운데, 심장이 약한 엄마는 얼마나 놀라셨을까.

어안이 벙벙해 있던 언니 집 식구들은 너도나도 위로의 말로 토닥여주었고, 남편은 많이 놀랐을 아이를 꼬옥 껴안아 주었다.

사실 그날 아이를 살릴 수 있었던 응급처치 방법은, 며칠 전에 위기 탈출 넘버원을 본 덕분이었다. 그날, 집 청소를 하면서 텔레비전을 켜놓고 무심히 보았는데, 며칠 뒤에 소중한 생명을, 내 아이를 살릴 줄은 꿈에도 생각 못 했다. 아이를 키우는 엄마를 비롯해 누구나 할 것 없이 위기의 순간을 잘 대처해나가기 위해서라도, 일상생활에 필요한 지식과 삶의 기술을 배우면서 공부해야겠다는 깨달음과 교훈을 얻었다.

언제 다가올지 모르는 죽음은 때와 장소와 시간을 가리지 않고 찾아온다. 위기의 상황에는 단 1분이 그냥 1분이 아니다. 생과 사를 넘나들고 삶과 죽음의 갈림길에 서 있는 순간이기도 하다.

글쓰기를 하면서 그동안 기억 상자 속에 묻어둔 과거의 흔적들을 종이 위에 펴놓았다. 그러면서 다가오는 하루를 단 1분이라도 헛되이 보내지 않으려는 마음가짐과 생각을 종이 위에 털어놓을 수 있게 되어서 고마운 순간이다.

우리 앞에는 매일 매 순간 1분 1초라는 시간이 주어진다. 1분이라면 너무 짧게 느껴질 수도 있다. 하지만 중요한 건 시간은 늘 우리 마음속에 존재하고, 내가 선택한 어떤 상황과 기분에 따라 시간은 길거나 짧게 느껴질 수 있다.

마음만 먹으면 짧고, 짧은 1분 안에도 많은 것을 할 수 있다.

예를 들면 집안 곳곳에 잡다한 책들로 여기저기 널브러진 물건을 정리하는 시간이 1분이면 충분하다. 긴 생머리를 곱게 묶는 데 걸리는 시간도 1분이면 된다. 잠자리에 들기 전 아이들과 함께 감사의 말 하는데 1분이면 충분하다. 매일 아침 자동차 시동을 걸고 1분 정도 기다렸다 출발하면 차의 수명도 길어진다고 한다.

우리는 1초라는 순간과 1분이라는 자투리 시간을 끌어모아, 원하는 것을 이루기 위해 투자하거나 헛되이 보내지 않는다면, 보이지 않는 노력이 싹을 틔워, 삶의 새로운 흔적과 기적을 조금씩 불러일으킬 수 있다. 하늘을 나는 비행기를 비롯한 모든 교통수단은, 출발 시간을 절대로 1분 더 연장하거나 기다려주지 않는다고 한다. 세계 최고의 운동선수들도 1초를 사이에 두고 승부를 가린다는 말이 있지 않은가.

이처럼 단 1이라는 숫자는 작다면 작고, 크다면 크고, 짧다면 짧고, 길다면 길다. 어쩌면 1분이라는 크기를 생각하는 차이는, 우리의 생각과 마음에 존재할지도 모른다. 그래서 언젠가부터 단 1분을 통해 1이라는 숫자도 좋아하게 되었다. 그날 다행히, 기도가 막힌 아이를 빨리 발견한 엄마 덕분에, 빠른 응급처치로 생명을 구했을 때도 약 1분 정도의 시간이 걸렸었다. 기도가 막히고 3분을 넘으면 질식한다고 하였다.

그일 이후 1분이라는 시간과 1이라는 숫자는 나의 삶 속에서 매우 중요한 의미를 갖고 있다. 세상이 어렵고 이웃이 힘들어할 때, 우리에게 있는 것을 같이 나누어 준다면, 기쁨도 두 배, 행복도 두 배, 사랑도 두 배로 커질 것이다. 정말이지, 숫자 1은 단순히 하나가 아니다.

엄마도 엄마를 위해 살아

언젠가부터 마트에서 물건 한가득 사고는, 차에 시동을 걸고 출발 전 1분을 기다리는 동안 혹시나 하는 마음에, 영수증을 꼼꼼히 체크하는 습관이 생겼다. 가끔 몇백 원 혹은 몇천 원씩이나 차이가 생기는 경우가 있기 때문이다. 할인행사를 진행하는 날에는 더더욱 그렇다. 가격표에 할인이라고 써 붙여져 있기에 몇 개를 사고 나면 원래 값을 받는 경우도 있었기 때문이다. 내가 사는 근처의 마트에서 흔히 일어나는 실수다.

한번은 영수증을 훑어보니 사백 원이나 차이가 나기에 나는 마트 계산원을 향해 걸음을 옮겼다. 사춘기에 들어선 큰애는 창피하다며 내 팔을 마구 잡아당겼다. 하지만 나는 진상 고객이라는 오명을 감수하면서도 쑥스러운 마음으로 점원에게 영수증을 내밀고는 돈을 돌려받았다.

나의 예전의 도도했던 모습은 온데간데없이 사라지고, 한두 푼으로 바가지를 긁어대는 아줌마로 변신한 것 같은 나 자신이 부끄럽기도 했지만, 아들에게 변명이 아닌 내 진심을 담아 말했다. 계산은 내가 잘못 한 게 아니고, 4백 원이면 20L 종량제 봉투를 하나라도 더 사서, 환경오염을 막을 수 있고, 4백 원이 많이 모이면 큰돈이 되고, 지구 반대편 배고픈 아이들에겐 한 끼의 식사가 될 수 있어, 불쌍한 생명을 구할 수 있다고.

진정한 부자가 되려면 돈을 좇는데 집중하지 않고, 든든한 마음의 부자로부터 시작하여 영혼을 살찌워야 한다고 하였다. 지식만 쌓았다고 돈이 쌓이는 것이 아니다. 경험도 많이 쌓아야 한다. 근심과 걱정이 쌓인다고 돈이 쌓이는 것도 아니다. 어느 책에서 돈 걱정하는 친구에게 '돈은 잘 있으니 걱정하지 말고 너나 잘하세요.'라고 하는 것처럼 어떻게 보면 맞는 말이다.

쓸모없는 근심부터 털어내고 현명한 생각과 선택을 하라고 한다. 돈을 바라보는 긍정적인 시각과 돈을 끌어당기는 지혜가 있어야 하고, 부지런한 노력과 선택을 함께 하는 행동이 돈을 나르는 기운을 불러들이는 게 아닐까 싶다.

우리 부부가 맞벌이하게 되면서 남편은 경제 관리를 나한테 맡겼다. 나는 한 사람의 월급을 저축하고, 한 사람의 월급으로 월세 내고, 애들 학원비를 냈다. 그리고 나머지 돈으로 아껴 쓰고 알차게 생활해 나가면서, 월말이 되어 카드에 몇십만 원이 남으면, 그 돈을 다시 저축했다. 그동안 돈을 조금이라도 절약하기 위해, 먼저 마트 조사에 나서면서 알게 된 것은, 큰 마트일수록 할인행사와 여러 가지 활동이 진행되면서 더 싸게 살 수 있었다. 때론 같은 물건이라도 마트마다 가격 차이가 났다. 필요한 물건이 있으면, 그동안 시장조사의 결과를 보고 비교적 싼 마트에 가기도 하고, 떨이 상품을 알뜰한 거로 골라 사 먹었다. 냉장고는 되도록 다 비워질 때까지 아무거나 사들이지 않기 위해 노력했다.

그렇게 나는 한 푼, 두 푼을 아끼고 절약하면서 돈을 모았고, 가족과 아이들을 위해 나도 모르게 어머니가 우리에게 해 오셨던 것처럼 닮아가고 있었다. 어머니는 좋은 음식이 있으면 나와 아이들에게 먼저 먹이고, 먹고 있는 모습만 보고 있어도 배불러 하셨다. 매일 가족에게 새 밥을 먹이더라도 혹시나 묵은 밥이 남으면 당연히 내 몫이었던 것처럼 말이다.

언젠가부터 내가 독서를 하고 글을 쓰는 장면을 보던 큰아이가 한마디 하였다.

"엄마도 이제 엄마를 위해 살아. 가족을 위해 애쓰지 말고, 엄마 하고 싶은 것도 하고, 갖고 싶은 것도 갖고, 우리 때문에 아끼지 말고 그냥 샀으면 좋겠어. 내 용돈을 줄여도 괜찮으니까 아니, 안 줘도 되니까 지금부터 엄마 자신을 위해 살아. 사실 난 집에서 먹고 자고 하기에 용돈이 필요 없어."라고 말했다.

그 말을 듣는 순간 속으로는 네가 언제 그렇게 벌써 자라서 어른 스러운 말을 하는가 생각하니 마음이 짠해졌다. 내 아이도 어느덧 내 편이 되어주고 나를 위해 생각해 주는 든든한 모습으로 자랐다. 큰애의 한마디의 말이 내 마음 어딘가에 부딪히면서 눈물이 핑 돌며 앞을 가렸다. 나는 "고마워"하고 한마디 내뱉고는 나약한 모습을 보여주기 싫어서 얼른 뒤돌아섰다.

'엄마도 엄마를 위해 살아'란 한마디의 말이, 오늘 내 마음을 따뜻하게 해주고 감동을 전해주었다. 그동안 첫째로 살아오느라 항상 양보만 하고, 부모가 바쁘게 산다는 이유로 알아주지도 못한 마음을 혼자 견뎌오느라 많이 외로웠을 텐데, 또 한편으로는 엄마의 눈치를 살피느라 사랑 대신 잔소리만 들어주느라 많이 힘들었을 텐데, 동생이 이 세상에 태어나면서부터 어른 취급을 받아야만 했고, 스스로 삶의 무게에 짓눌리고 발버둥질 치면서 방황했던 시간과 지나간 세월이 많이 야속했을 텐데. 그러던 아이가 어느덧 훌쩍 자라서 엄마도 엄마를 위해 살아. 라는 어른스러운 말을 하는 아이로 성장했다는 생각에 마음이 저렸다.

　우리 가족은 힘든 삶 속에서 함께 견디고 서로를 양보하면서 오늘 하루도 울고 웃는다. 긍정적인 생각은 몸에 좋은 보약이라고 하였던가! 그 생각이 우리의 몸에서 좋은 세포를 만들어 내고 행복 바이러스를 창조해내기도 한다. 우리에게는 행복 단추가 있다. 자신감이라는 옷에 행복 단추를 끼워 넣으면, 아름답고 창조적인 삶의 스타일로 바꾸고 변신하기도 한다. 지금부터 주위의 모든 것을 생각의 이동으로부터 자유로워지고, 행복한 생각으로 오늘 하루 지금, 이 순간 더욱더 행복해져라 '얍!'

비교는 행복을 밀어낸다

어릴 때부터 나는 알게 모르게 누구와 비교하면서, 그리고 비교되면서 살아온 삶들을 지내온 것 같다. 이 시대의 엄마들은 민족과 나라 상관없이 국경을 넘어서도, 비교하는 마음은 다 비슷하지 않을까 생각한다. 물론 자식을 걱정하는 마음과 자식이 잘되길 바라는 마음은 어딜 가나 똑같지만 말이다. 우리 어머니만 해도 그렇다.

어머니는 자식들의 비교 대상이 다른 집 딸들로부터 사위까지 더 나아가서 다른 집 손자나 손녀였다. 그러면서 나는 자연히 뭐가 부족한지를 생각하게 되었고, 어느 정도 얼마큼 차이가 나는 지를 계산해보기도 하였다. 처음엔 비교할수록 주눅이 들었고 비교할수록 부족했으며, 비교할수록 열등감이 생겼고 자존심만 구겨지는 것 같았다. 어머니의 비교는 언제나 우리가 기호 '〈'를 차지했기 때문이다.

어느 날, 초등학교 1학년에 다니는 딸이 학교에서 돌아오더니 나를 친구의 엄마랑 비교하기 시작하였다.

"엄마, 만약에 내가 넘어졌어. 그러면 엄마는 뭐라고 할 거야?"

"왜, 넘어졌어? 어디 다쳤어?"

"아니? 만약에 라고 했잖아."

"아, 맞다. 어디 다쳤어? 라고 물어봤잖아. ㅎㅎㅎ"

"아, 그러고 보니까 그러네요. ㅋㅋ"

"내 친구가 그러는데 넘어지면 엄마한테 많이 혼난대. 옷이 더러워진다고. 그래서 나도 엄마가 궁금했어. 만약에 내가 넘어지면 엄마도 혼내는지. 아니면 뭐라고 할지."

"뭐야? 한번 좀 혼쭐을 내줘볼까? ㅎㅎ"

"아니야, 미안해. 나는 우리 엄마가 세상에서 제일 좋아. ㅋㅋ"

다행히 딸의 비교는 언제나 내가 '〉'부호를 차지했다.

비교의 대상이나 결과가 어찌 됐든 마음 한구석의 어딘가에는 기분이 그다지 유쾌하지는 않다. 그동안 살아왔던 외부의 삶에, 그리고 화려한 겉모습에 자신을 비교해가면서 낳은 결과가 비관, 절망, 고통, 열등감, 낮은 자존감이었다. 그동안 쏟아지는 비교 위에 자신을 허락하고 스스로를 내어 맡겨, 내 삶이 통째로 이리저리 흔들리고 치이면서, 자존감이 구겨 질대로 구겨지고, 아무렇게나 살아온 나 자신이 한 편으로는 원망스럽기도 하였다. 결론은 그때는 내가 자신을 아끼면서 사랑할 줄 몰랐고, 사랑하는 방법에 무지했기 때문이었다.

뒤늦게 인생에 대해 공부하고 글을 쓰기 시작하면서 나를 조금씩 발견하고 알아가는 과정을 거쳤다. 행복이란 무엇인지, 인생을 어떻게 살아가야 하는지와 여러 가지 삶의 기술을 하나씩 터득해가면서 말이다. 그렇게 삶의 중심을 되찾기 시작하였고 배움을 갈망하는 또 다른 나를 발견하게 되었다.

그동안 수많은 날을 살아오면서 비교할수록 부족하였고, 비교의 대상이 전부 나와 다름을 뻔히 알면서도 꾹 참으면서 견뎌온 삶을 살아온 것 같다. 나와 다른 삶, 다른 생각, 다른 성격, 다른 배경, 다른 모습 등 수많은 다름을 갖고 있기에, 나와 같은 사람은 찾아볼 수가 없었던 것이다.

> 남을 아는 것은 지혜로운 일이요, 자신을 아는 것은 현명한 일이다.
>
> -<노자의 도덕경>에서

비교 대상을 항상 외부에서 찾는다면 끝없이 많을 것이고, 내 것이 아닌 바깥세상 속의 삶에 영원히 갇히게 될 것이라고 한다. 생각만 해도 소름 돋는 순간이다. 외부의 삶과 비교할수록 내 에너지만 낭비되고, 다른 사람과 비교할수록 내가 더욱 비참해지기만 하는데도 말이다. 내가 아무리 잘 생겨도 나보다 잘난 사람이 더 많을 것이고, 내가 아무리 돈이 많아도 이 세상에 부자가 천지이기 때문이다. 어쩌면 비교를 하면 할수록, 바닷물을 마시는 것처럼, 아무리 마셔도 갈증을 해소하지 못하는 것과 같을 것이다.

그렇다면 비교 대상은 과연 누구일까? 세상에 딱 한 명만 존재한다. 우리가 그토록 외부에서만 비교해왔던 다른 사람이 아닌 내면에 존재하는 것. 그 사람은 바로 나 자신이었다. 나와 같은 모습, 같은 환경, 같은 삶을 살아온 나 자신과의 비교를 말이다. 같은 것이 유난히 많지만, 어제의 나와 다른 오늘의 나, 오늘의 나보다 다른 내일의 나가 조금씩 발전하고 나아졌다면 나를 이긴 것이다.

비교를 내가 아닌 다른 사람이나 외부에서 찾을 때, 삶은 불행해지고 행복을 밀어내기도 한다.

행복은 크기가 아니라 만족에서 온다

내가 어릴 때 노래를 좋아했지만, 선생님은 성대가 약하다는 이유로 유명 가수가 될 수 없다고 하였고, 춤을 추고 싶다고 하면 키가 작아서 안 된다고 하였다. 그러면 피아노를 연주하고 싶다고 하니 그마저도 손이 작아서 세계 명곡은 치기 어렵다고 하였다. 그때 선생님은 진심으로 조언을 해주신다고 했지만, 나에게는 지금까지, 조언이 아닌 음악에 대한 편견과 수많은 부족함을 가지고 태어난 자신을 원망하는 계기가 되었는지도 모른다. 그러면서 그동안 자신감 없는 낮은 자존감을 안고 살아왔다.

독서를 통해 깨닫게 된 것은, 누군가의 말에 휘둘려 좋아하는 것을 쉽게 포기한 자신이 후회스럽고 원망스러웠다. 남이 정한 기준에 자신을 맡기고, 그 잣대에 맞춰서 어리석은 생각을 한 자신이 한심하고 어이가 없었다.

만약 그때 누군가가 옆에서 '나는 할 수 있다.'라는 신념을 가지고 도전하면, 이 세상에 못 해낼 것이 없고, 이룰 수 없는 것이 없다고 말해주었더라면, 혹은 이 세상에 완벽한 것은 존재하지 않으며, 위대한 꿈은 꾸준한 노력과 아름다운 도전으로 이루어지는 것이라고, 한마디만 해주었더라면, 성공은 수많은 가시덤불과 부족 함들에 의해, 끊임없이 부딪치고 좌절하고 실패하면서, 경험하고 배운 다음 그 모습을 만들어내고 완성해가는 것이라고 했더라면 어땠을까? 그러면 그동안 마음속에 품었던 꿈의 씨앗들이 기죽지 않고 잘 자라났을까? 라는 아쉬운 생각에 지나간 삶을, 과거의 자신을 되돌아보기도 하였다.

만약 그때 독서를 조금 더 일찍 만나서, 현명한 방법을 구해 중심을 잃지 않고 주위의 삶에 흔들리거나 다른 사람의 생각에 휘둘리지 않았더라면, 작고 나약한 마음에 보이지 않은 상처가 덜 나지 않았을까? 독서는 나에게, 꿈에는 크기가 없으며, 누구나 마음만 먹으면 '할 수 있다'라는 신념만 가지면 뭐든지 이룰 수 있는 거라고 가만히 알려주었다.

정말이지. 그땐 몇십 년 전의 선생님을 찾아가 당장 따지고 싶었지만, 선생님의 잘못만은 아닌 것 같다. 어쩌면 가난한 우리 집의 생활이 안타까워서 일수도 있고, 철없는 내가 정말 작고 부족해서일 수도 있다. 그때만 해도 우리 집은 가난에 찌들어 삶이 버거워질 때였으니 말이다. 아무튼. 속상한 추억이다.

비록 어릴 때 예술가의 꿈은 이루지 못하였지만, 마흔에 들어선 지금, 글을 쓰는 또 다른 예술가의 꿈을 꾸고 있지 않은가? 오늘도 꿈을 이루기 위해 최선을 다해 달리는 중이다. 그래서 더 절실한지도 모르겠다.

오늘날, 독서를 만난 이후로 나는 내 삶에 진정으로 행복을 느낀다. 남들처럼 잘살지 않아도, 어릴 때의 꿈을 이루지 못했더라도, 부모로서 아이들과 함께 공부하면서 성장하는 삶에 만족한다. 어쩌면 행복은 크기가 아니라 만족할 때 진정한 아름다운 모습을 나타내는 것인지도 모르겠다.

하버드 새벽 4시 반에서는 "스스로에 대한 믿음은 삶을 지탱하는 기둥이다. 그래서 우리의 내일과 운명을 긍정적으로 바꾸어놓는다."고 하였다.

어쩌면 나는 그때 자신에 대한 믿음이 전혀 없었는지도 모른다. 선생님의 말씀이 정답이고 지혜인 줄 알았고 절망이란 구렁텅이에 자신을 꽁꽁 가둬 놓은 거나 마찬가지였다.

책에서는 위대한 기적은 자신감에서 비롯된다고 하였고, 자신감은 우리가 극복해야 할 모든 요소를 제대로 극복하도록 하는 도구이자 힘이라고 하였다.

마흔에 들어서면서 뒤늦게 만난 독서는, 나의 부족하고 결핍되는 부분을 채워주었고, 어릴 때부터 만들어진 잘못된 편견과 비좁은 생각과 판단을 조금씩 고쳐주고 일깨워주었다. 독서는 내가 지칠 때 삶의 영양제가 되어주었고, 힘들 때 기분을 채워주는 충전기와 같은 존재가 되기도 하였다. 독서는 우리의 인생에 없어서는 안될 마음과 정신의 비타민 같은 영양제이기도 하고, 내 삶의 심장과 같은 존재이다.

어릴 때부터 나는 부족하고 결핍되어 살아온, 낮은 자존감과 자신감을 독서를 통해 조금씩 채워가면서, 나답게 살기 위한 길이 무엇인지를 선택하기도 하였고, 최선으로 살아가는 방법을 구하고 배우기도 하였다.

그동안 낮은 자존감과 두려움으로 살아온 나를, 한 권 한 권의 책이 움츠렸던 마음을 활짝 펴주었고 돈으로 살수 없는 많은 것들을 가르쳐주었다. 한번뿐인 인생을 헛되이 보내지 않고, 이루고 싶은 것을 미루면서 살지 않는 소중한 삶의 조언과 지혜들도 아낌없이 전해주고 깨닫게 해주었다. 독서를 할 때 행복이 스며들고 하루를 만족하게 살아간다. 행복은 비교나 크기에서 나오는 게 아니라, 내가 좋아하는 일에 만족할 때 진정한 모습을 보여 주는 게 아닐까 싶다.

행복은 지금 여기에 있다

어느 날 작은 딸이 물었다.

"엄마, 우리 집에는 네모로 생긴 물건은 많은데 세모로 생긴 물건이 없네?"

작은 아이의 물음에 그 동안 무심하게 지내왔던 호기심이 발동해 주위를 두리번거렸지만 아무리 찾아봐도 삼각모양으로 된 물건이 눈에 띄지 않았다. 그러다가 문득 떠오르는 생각에 입을 막고 웃으며 말했다.

"찾았다."

"뭔데?"

"ㅋㅋ 네가 입고 있는 거."

"뭐야, 뭐야?" 하면서 자신이 입고 있던 옷을 아래위로 훑어보던 아이가 "없는데. 설마, 꺄악~~!"하고 비명을 지르는 순간 우리 둘은 뒤로 자빠지면서 깔깔깔 웃어댔다.

"엄마, 삼각팬티? 하하하 그것도 틀린 말은 아니지만 하하하 너무 웃겨."

그렇게 배꼽 잡고 우리 모녀는 별것 아닌 일에 한바탕 웃어댔다.

"그럼 어떻해? 아무리 찾아봐도 집안에는 삼각으로 된 모양이 없는걸. ㅋㅋㅋ 편의점에는 바로 있는데."

"뭔데?"

"삼각 김밥."

"오~ 그러네."

요즘 작은 아이가 가끔 학교에서 배운 여러 가지의 색깔과 모양을 집에 와서 찾아내는 재미에 푹 빠지곤 한다. 그럴 때마다 우리 가족은 어른이고 아이 할 것 없이 주어진 문제에 최선을 다해 노력을 기울이면서 문제를 해결해 나간다. 그렇게 쏠쏠한 재미에 빠져 자신만의 다양한 생각과 떠오르는 아이디어를 너도나도 앞 다투어 털어놓으면서.

애들이 어릴 때까지만 해도 항상 바쁜 일상에 치여 살았다. 그러다 매번 아이를 잠재우는 시간이 내게는 쉬는 시간이나 다름없었다. 그 시간이 돌아오면 다른 집 엄마들이 그러하듯이 항상 부르는 자장가를 나도 내 아이들 옆에 살며시 기대어 가슴을 토닥이면서 불러주었다.

자장, 자장 우리 아기 / 자장, 자장 우리 아기
꼬꼬 닭아 울지 마라 / 우리 아기, 잠을 깰라
멍멍 개야 짖지 마라 / 우리 아기, 잠을 깰라
자장, 자장 우리 아기 / 자장, 자장 잘도 잔다.

가끔 여기까지 채 불러주기도 전에 항상 내 자신의 포근한 노랫소리에 스스로 녹아내려와 잠이 항상 삶에 지쳐있는 나를 먼저 데려가곤 하였다. 자다가 혹시라도 아이를 잃어버리는 꿈을 꾸기라도 하면 너무 놀라 비명을 지르며 벌떡 일어나 앉기도 하였다. 그럴 때마다 옆에서 곤히 잠자고 있는 아이를 보면서 그제야 안심이 되어 무거운 마음을 쓸어내렸다.

그러던 아이들이 어느덧 자라서 7살이 되고 큰아이는 7살이 2개인 14살이 되면서 첫 번째 사춘기에 들어선 큰아이와 두 번째 사춘기에 들어선 엄마인 내가 한 지붕 밑에서 살고 있었다. 항상 사계절이 존재하듯이 우리가족의 몸과 마음에도 언제나 사계절이 끊임없이 찾아왔다. 그렇게 옥신각신하며 살다가 2년이란 시간이 흘러 배움의 중요성을 알게 되면서 우리는 도서관의 책들을 통해 독서와 친해지게 되었다.

가끔 두 아이의 다툼에 나는 큰 애보고 "너, 이젠 청소년이야. 어른의 절반이라고." 하고 말하면 큰 아이도 지지 않을 세라 동생보고 "너, 그거 알아? 18살이면 어른이야. 너는 9살이니까 어른의 절반이라고." 라는 말을 잊지 않고 덧붙였다.

뭐지? 알 수 없는 그럴싸한 이 설득은? 아무튼.

오늘 아침 반찬이 어째 영 입맛에 맞지 않는 모양이다. 아침 일찍 울리는 알람소리가 온 몸의 세포들을 두들겨 깨우면서 벌떡 일어나 열심히 아침준비를 하고 밥상을 차려놓았더니 아이들은 시큰둥한 표정으로 미역국만 젓고 있는가 하면 멍 때리고 앉아있기만 하였다. 작은 아이의 그릇에 오이김치를 얹어놓고는 습관처럼 오른팔을 상위에 올려놓고 턱을 받쳤다. 언제부터인지 작은 아이도 왼팔을 상위에 올려놓고 나와 마주 향해 앉아있었다. 그 순간 서로가 눈이라는 창을 통해 서로의 세계를 들여다보았다. 아직까지도 잠에 매달려 있는 듯 긴 하품을 하면서 큰 아이가 입을 열었다.

"엄마랑, 다윤이가 지금 서로의 세계를 들여다보고 있네."
"그게, 보이나?"
"당연하지, 다윤이는 지금 엄마를 보면서 자신의 미래를 내다보고 있고 엄마는 다윤이를 보면서 엄마의 과거를 들여다보고 있잖아."

하긴 틀린 말은 아니었다. 그 동안 아이를 키우면서 내 어릴 때 시절을 들여다보았고 아이들을 통해 내가 살아온 지난날들을 되새기면서 내가 누구인지, 진정한 삶이란 무엇인지, 앞으로 어떻게 살아야 하는지에 대한 깨달음과 경험을 느끼고 배우게 되었다. 갑자기 작은 아이가 말했다.

"그러면 오빠는 뭘 바라보고 있는데?"

"나는 아무 것도 바라보고 있지 않아. 과거나 미래나."

"그럼 뭐야, 너는 다윤이와 나 사이의 중간 존재니까 현재야?"

이번엔 내가 시큰둥해서 말했다.

"그렇지 엄마, 나는 지나간 과거도 다가오지 않은 미래도 아니야. 오직 지금, 이 순간을 바라보고 있는 현재야. ㅋㅋ. 그러고 보니까 뭔가 내가 제일 현명해보이고 제일 멋있어 보이지 않아?"

그럴싸한 설득에 내가 풋 하고 웃었다. 작은 아이가 오빠는 맨날 자기 좋은 말만 한다고 투덜댔다. 작은 딸이 항상 그렇게 불만이 많다가도 정작 큰아이가 집 문을 나설 때면 언제 그랬냐는 듯이 나도 하지 않은 당부를 때론 엄마처럼, 누나처럼 엄청 많이 늘어놓았다. 오늘도 그랬다.

"오빠, 학교에 갈 때 큰길에서 전화보지 말고 공부 잘하고 선생님말씀 잘 듣고."

"넵, 형님."

"그리고 길 건널 때 조심하고."

"넵~."

"길 가다고 개미와 부딪치지 말고."

"넵, 넵?"

"개미와 교통사고 내지 않게 앞을 똑바로 보고 걸어 다니고."

"네, 넵. 형님."

이 상황에 나는 그저 속으로 웃고만 있을 뿐, 멍하니 듣고만 있을 뿐, 딱히 할 말이 없고 해줄 말이 없었다. 동생의 관심과 부탁을 흔쾌히 받아주고 대답해주는 첫째가 대견해보였고 매일아침 잔소리 같지 않은 잔소리를 늘어놓는 둘째가 너무 기특하고 예뻤다.

하늘이 우리 부부에게 보내주신 두 천사가 있어서 삶은 언제나 충만하고 행복했다. 지금처럼. 젊은 시절에 무지하게 살아온 지난 날에는 힘들면 삶에 대들기도 하고 고통스러우면 삶에 분노의 화살을 던져보기도 하였다. 하지만 공중으로 던진 화살이 다시 날아와 깊은 상처를 입혀주기도 하고 내 뱉은 말이 메아리가 되어 돌아와 마음에 비수를 꽂아놓았다. 그때까지만 해도 되는 일이 없었고 꼭 마치 삶에 두들겨 맞으면서 사는 것 같았다.

하지만 오늘날, 지금 이순간의, 이정도의 삶에 만족한다. 삶이 그동안 우리에게 많은 시련과 아픔을 주기도 하고 삶속의 수많은 어려운 문제와 숙제를 던져주기도 하였다. 하지만 가족이라는 버팀목이 있음으로 하여 함부로 휘청거리거나 휘둘리거나 무너지거나 도망가고 회피하지 않았다. 어쩌면 이 세상의 그 무엇보다 중요한 건 바로 가족이라는 든든한 울타리가 있었기 때문 이였을지도 모른다.

지금 눈앞의 이 작고 소소한 모든 것들이 행복의 씨앗이고 행복의 문이 아닐까 싶다. 행복이라는 씨앗을 삶에 심어놓고, 긍정이라는 흙으로 다져놓으면 잘 자라나지 않을까 싶다. 그리고 행복의 문을 여는 열쇠는 바깥이 아닌 마음 안에 존재하는데도. 나는 그 동안 행복을 찾기 위해 혹시나 하는 마음에 행복을 파는 주인 없는 상점에 가서 문을 두드려보기도 하였다.

행복은 내 삶의 곳곳에 깃들어 있고, 그것을 발견하는 것 또한 자신의 몫이기도 하다. 힘든 세상에 살면서 행복한 삶을 살아가는 것도, 하나의 행복의 기술일지도 모르겠다. 행복은 언제나 행복하게 생각하는 사람에게 손길을 내밀고, 발길을 돌리는 것처럼.

엄마, 행복이 '먼'가요

그동안 정신없이 일하느라 바쁘다는 이유로 아이들을 제때 보살 펴주지 못한 것이 마음이 아프고 미안하기만 했다. 애들은 잘만 먹 여놓으면 저절로 알아서 크겠지 라고 생각하면서 매일 반복되는 일 상으로, 눈코 뜰 새 없이 바쁘게 살아왔다.

오늘도 유치원에 가기 위해 통학버스를 기다리고 있는데 갑자기 작은딸이 입을 열었다.

"엄마, 어제 버스 선생님이 그러시는데, 엄마는 한국말과 중국말 둘 다 잘 할 수 있어서 너무 좋으시겠다고 하셨어요."

"어머, 정말? 선생님께서 그렇게 말씀하셨구나. 우리 다윤이 기 분이 어땠어. 행복했어?"

"응? 행복? 엄마, 행복이 뭔가요?"

"음, 뭐랄까 행복이란, 엄마가 지금 사랑하는 우리 예쁜 다윤이와 함께 이렇게 눈을 마주 보면서 말을 하는 지금, 이 순간 기분 좋은 생각이라고 할까? 우리 다윤이를 마음껏 안아주고 마음껏 뽀뽀해주고, 마음껏 사랑한다고 말할 수 있어서 너무 좋아. 그리고 너무 행복해. 아마 이런 게 행복이라고 엄마는 생각해."

"아, 엄마, 행복이란 기분이 좋은 거 맞지? 다윤이도 엄마가 있어서 너무 좋아. 너무 행복해."

"그리고 감사함이 생기면 행복은 배로 커진단다. 곰곰이 생각해 봐. 다윤이는 무엇을 할 때 기분이 제일 좋고 또 감사했어?"

"음, 선생님이 다윤이 잘했다고 칭찬해 주실 때, 그리고 엄마가 안아줄 때 제일 좋았어."

"그래, 행복은 내가 고맙고 감사할 때, 기분이 좋을 때 행복한 거란다. 그리고 행복은 먼 곳이 아닌 우리 가까이에 있는 거야. 우리 다윤이 기분이 안 좋을 때면, '다윤이는 행복해' '다윤이는 행복한 사람이야'라고 말하면 기분이 금방 좋아질 거야."

"정말? 와 신기하다. 나는 행복해. 나는 행복한 사람이야."

그 후, 작은딸이 통근버스를 기다리는 아침 시간마다 '나는 행복한 사람이야, 나는 억세게 운이 좋은 사람이야'라고 긍정의 주문을 외우기도 하였다.

사람들은 나름대로의 행복한 순간을 보내기도 한다. 물론 행복의 기준과 생각의 크기는 다르겠지만 말이다. 큰애는 휴대폰 게임을 하는 시간을 제일 행복해한다. 휴대폰도 보는 순간의 즐거움이고 행복이기도 하다. 하지만 나는 가끔 큰애에게 듣기 싫어하는 잔소리를 늘어놓는다.

TV나 핸드폰은 사람의 정신과 의지를 빼앗아 가기도 한다고 말이다. 식물인간은 정신이 살아있지만 몸이 움직이지 못하고, TV나 핸드폰은 몸이 살아있지만 생각을 움직이지 않게 하거나 앞으로 나아가지 못하게 한다고 하였다. 화면에 따라 끌려들어 갈수록 다른 사람의 의견에 휘둘리기 쉽고, 내가 중심이 아닌 나를 잃어버리는 게 한순간이라고 했다.

행복은 바로 감사하는 마음이다.

-조셉 크루치-

주말이 되면 나는 가끔 아이들과 함께 그동안 감사했던 일이나 생각을 말하게 했다. 그러면 작은아이는 친구들이 손뼉 치고 칭찬할 때, 엄마 아빠가 이야기책을 사줄 때, 아프지 않을 때, 생일파티할 때 이외에도 많았다.

큰애 차례가 되니 추운 밖에서 떨다가 따뜻한 방에 들어올 때, 택배 박스 여는 순간, 맛있는 음식 먹을 때, 건강한 몸으로 태어난

게 다행이라고 생각할 때 등 여러 가지 이유가 있었다.

"엄마, 그러니까 나의 결론은 어쨌든 불행한 순간, 불행이 있음으로 하여 행복을 알게 되는 것이라고 생각해."

"오, 맞는 말인데. 어쩌면 행복과 불행은 동전의 양면과도 같아. 하지만 힘들거나 안 좋은 일이 생길 때 성공한 사람은, 그 순간을 있는 그대로 받아들이고 위기를 기회로 삼는다고 하였단다. 행복도 잃어버린 마음처럼 좇으려 애쓰면 더 멀리 도망을 간단다. 행복은 찾는 것이 아니라, 내가 원하는 일을 할 때 느끼는 것이 아닐까 싶다. 행복은 어디에 있다?"

아이들이 이구동성으로 "내 마음속에"라고 하였다. 내가 불행하다고 생각하면 불행한 것이고, 내가 행복하다고 생각하면 행복하다고 하였던가. 행복은 먼 곳이 아닌, 내면에 존재한다는 말이 진리인 것 같다.

행복이 '뭔'가요 라고 물으면 나는 행복이 먼 곳이 아닌 지금, 이 순간의 감사함과 만족감에서 느끼는 나의 존재감이라고 하겠다. 행복이란, 사랑하는 사람과 함께 있고, 사랑한다고 말할 수 있을 때, 아프지 않고 건강할 때, 만족감을 느낄 때, 나를 사랑할 때, 존재하는 거라고 말이다.

행복은 내가 좋아하는 일을 하면서 성장할 때, 숨을 쉬고 살아있음에 감사할 때, 진정한 행복이 먼 곳에 아닌 가까이에 있는 게 아닐까 싶다.

감사는 행복의 문을 여는 열쇠라는 말이 있다. 어쩌면 주어진 것에 감사하고, 언제나 감사할 줄 아는 사람이 진정한 행복을 느끼는 사람일지도 모른다.

처음이자 마지막 인생

내가 글로 담아낸 이야기를 소리 내어 읽으면, 귀가 다시 쫑긋해지고 가슴이 열리면서 눈이 즐거워진다. 여기에 있는 문장 하나하나가 흩어진 내 에너지를 한곳에 집중하여, 기억과 삶의 조각이라는 퍼즐을 하나씩 맞춰가면서 쓴 글이다. 아직도 서툴고 많이 부족하지만, 그동안 책을 읽고 몸에 남은 생각, 머릿속에 떠오르는 기억과 지나간 이야기와 경험을 조금씩 적어 내려간, 나의 조그마한 삶이자 세계였다. 인생의 절반을 살아오면서 뒤늦게 친해진 독서와 오래오래 함께하고 싶고, 글쓰기라는 친구와 영원히 함께 살고 싶다. 아니 살 터이다.

새로운 집에 이사 온 지 얼마 안 되어 뒤늦게 '작가는 처음이라'는 책을 손에 받아드는 순간 그토록 기다렸던 반가운 친구를 만난 듯이 가슴이 설레었다. 소중한 책을 책상 위에 고이 모셔놓고 첫 장부터 차근차근 읽어 내려갔다. 읽으면서 나도 작가가 되고 싶은 마음의 간절함을 느꼈다. 이 책에서는 책 쓰기는 누구나 할 수 있으며, 글쓰기 재주는 타고난 것이 아닌 평범한 내 이야기도 관심의 글이 되는, 초단기 책 쓰기 기술과 현재 글을 잘 쓰지 못하더라도 좋은 글쓰기를 위한 비법들을 상세하게 알려주었다.

읽기 쉽게 쓰인 문장과 내용이 내 머리와 가슴에 스며들었다. 작가님의 사연을 보면서 그동안 나만 힘든 게 아니었다는 생각을 많이 하였다. 때론 공감이 가는 구절이 마음에 와닿으면 고개를 끄덕이면서 한 장 한 장 페이지를 넘겼다.

책 속에서는 "40여 년간 살아오면서 단 한 번도 스스로 만족했거나 조그만 성공이라도 이루어 놓은 것이 없었다. 항상 주변인이었으며, 남들보다 몇 발자국 늦었고, 아무도 관심 없는 어둠 속에서 홀로 뒤따라 걸어온 인생이었다."

이 문장을 읽으면서 어쩌면 40년간 살아온 내 인생을 얘기하는 것 같아 잠시나마 나를 반추해보면서 마음이 짠했다. 그동안 주눅들고 자존감이 낮게 자라온 나 자신의 시들어져 가는 정신에 적절한 응급처치가 되어주는 책이었다. 김빠진 자전거 바퀴에 바람이라는 힘을 듬뿍 불어넣어 주듯이, 책 속의 값진 조언을 통해 가벼운 마음으로 꿈을 위해, 한 방향을 꾸준히 달리겠다고 다짐했다.

가시덤불인 인생길을 달리면서 물론 울퉁불퉁한 곳도 있고, 수많은 장애물에 부딪히겠지만, 책 속에서 배운 색깔도 모양도 없는 물처럼, 유연하게 구덩이를 만나면 채운 다음 지나가고, 장애물을 만나면 에돌아가는 진리를 잘 기억해, 꿈을 위해 꾸준한 열정과 노력과 신념으로 선택한 길을 위해 달리겠다고 생각했다.

글을 쓰려면 철저한 준비와 규칙으로 자신을 관리하고 환경과 습관을 만들어가야 하는데, 그동안 나는 아무렇게나 되는대로 내 맘이 편할 때로 때와 장소를 가리지 않고, 아무 때나 읽고 싶으면 읽고, 쓰고 싶으면 쓰면서 살아왔다. 지금부터 나 자신을 위해 나를 더 잘 사랑하기 위해 한층 더 업그레이드하는 삶을 선택하는 게 중요한 시점인 것 같다.

컴맹인 나는 지금도 초고를 쓸 때 연필로 끄적이며 머릿속의 생각들을 긁어낸다. 책의 마지막 부분까지 읽었을 때, 원고 투고와 출판사와의 관계에서, 나의 미숙함과 무능함을 고민하고 또 망설였다. 두려움이 생기면서 작가의 문턱이 높아 보이기도 하였다.

하지만 인생 절반을 살아오면서 두려움을 이기는 힘의 원천은, 용기와 희망과 간절함이었다. 출판사와 계약하는 장면을 눈앞에 그리면서 행복한 상상을 해보며 '나는 할 수 있다'고 나 자신을 응원하였고, 또 그렇게 작가의 길에 도전하게 되었다. 쓴 약은 몸에 좋다는 말도 있지 않은가?

성공하려면 모든 고통과 아픔을 달갑게 받아야 한다고 생각한다. 그렇게 한 발짝씩 앞을 내디디고 조금씩 실천하다보면 때론 혼자만이 느끼는 묘하고 달콤한 기분을 알 수 있다.

그리고 처음부터 끝까지 묵묵히 지켜봐 주시고, 흔쾌히 받아주시고, 응원해 주신 출판사 대표님께 깊은 감동과 감사의 말씀 전하고 싶다. 대표님의 관심 덕분에 자신감을 입고 앞으로 한층 더 나아갈 수 있었다.

그동안 읽으면서 조금씩 만들어지는 삶이 생겼고, 쓰면서 이루고 싶은 꿈이 현실이 되었다. 읽으면서 깨달은 것은, 이 세상의 모든 문제는 바깥이 아닌 내면에 존재한다는 것. 나 자신을 잘 운전하고 내면의 힘을 기르면, 모든 어려움은 쉽게 해결해 나갈 수 있다는 것.

쓰면서 알게 된 것은, 살아가는 평범한 일상에 귀를 기울이게 된 것. 눈앞의 매 순간을 소중하게 생각하고 기억하게 되었고, 그 흔적들을 차곡차곡 기록하면서 더 잘살고 싶어진다는. 그러니까 재미있고 행복하고 알차게 살고 싶은 그런 삶. 뭐든지 꾸준함이 소원을 이루게 해준다는 것. 꾸준히 읽고 꾸준히 쓰고 꾸준히 노력하면, 한 권의 책이 완성되는 과정을 거치게 되고 어느새 조금 더 성장한 자신을 발견하게 된다는 것. 이미 나만의 책 한 권을 완성했다는 자체가 이미 작가이고, 성장한 삶을 살아 온 것이다. 한 권의 책 속에는 그동안 살아온 삶과 역사의 한 페이지로 담아 온 정성과 열정과 경험이 남겨져 있다.

먼 미래에 과거의 자신을 회상할 때 한 장의 사진에는 여러 가지의 모습이 담겨 있지만, 한 권의 책 속에는 여러 가지 이야기가 담겨 있다. 그 이야기가 머릿속에 '짠'하고 나타나 내 마음을 파도처럼 출렁이고, 설레고, 움직이는 그런 순간이 올 것이라고 생각한다. 그리고 어느 순간 지나간 추억의 그리움과 함께, 한 권의 책이 나 자신과 후대의 선물이 되고, 친구가 되고, 아름다운 유산이 될지도 모른다.

그동안 코로나 19의 힘든 시간을 견디면서, 집이라는 자그마한 공간에서 아이들과 함께 독서하고 글을 쓰면서 알찬 하루를 보냈다. 오늘도 책에 파묻혀 독서를 열심히 하고 있는데, 갑자기 큰 아이가 "맞다, 엄마 내일 다윤이 학교 가요."하고 놀라면서 말했다.

"어머, 내 정신 좀 봐. 어떡해?"

시계를 보니 어느덧 오후 6시 30분이었다. 부랴부랴 서둘러 작은 아이를 샤워시키고 내일 학교에 보낼 준비물을 챙겼다. 가끔 독서에 내 영혼을 빼앗기기 시작하면 최면에 걸린 사람이 되어버린다. 다행히 큰아이의 다급한 목소리가 나를 현실로 데려왔다.

잠들기 전 아이들에게 오늘 하루의 감사한 일, 그리고 엄마가 작가가 되었다면 어떤 기분이 들것 같은지를 물어보았다.

작은 아이가 말했다.

"엄마, 나는 작가 엄마가 있다고 생각하니 너무 행복해. 그리고 다윤이도 커서 꼭 작가가 될 거야. ㅎㅎ"

"음, 나도 기분이 좋지만, 무엇보다 다른 나라 사람이 한국에 와서 글을 쓰면 보통 번역가가 필요한데 엄마는 그렇지 않다는 점이 신기해."

"엥? 이건 또 무슨, 아무튼 그렇다고 치자. 흠~"

그동안 아이들의 키가 한 뼘이나 자란 것 같다. 하지만 나는 아이들처럼 키가 자라지 못한다. 아니 오히려 키가 줄어들지 않으면 다행이다. 나에게도 독서와 글쓰기의 흔적들로 나를 돌아보고 공부하면서 마음의 키라도 한 뼘 커지길 바란다. 항상 아이들과 함께 성장하기 위하여.

처음이자 마지막 인생, 나는 후회 없이 살려고 노력하였고 또, 그렇게 꿈이 현실이 되는 순간으로 슬금슬금 미소 지으며 다가오고 있다. 처음, 꿈이라는 씨앗에 독서라는 흙을 잘 다져주면서 노력과 꾸준함이라는 거름을 열심히 뿌려주었다. 그렇게 조금씩 한 발짝씩 앞으로 내디뎠더니 오늘, 지금, 여기, 이 순간이 왔다. 눈을 뜨고 보니, 다시 정신을 차리고 보니, 꿈이 아닌 현실이었다.

태어나서 처음으로 느끼는 이 감정, 처음으로 생기는 이 벅차오름, 처음으로 설레는 이 기분, 처음으로 이토록 뜨겁게 뛰는 심장 소리, 우리는 살아오면서 수많은 처음과 함께하지만, 지금, 이 순간의 처음은 나의 간절한 소원을 풀어주었고, 태어나서 처음으로 온전하고 완전한 나 자신으로 변신하고 다시 태어나는 순간인 것 같았다.

이 한 권의 책은 혼자 태어난 게 절대 아니다. 이 안에는 수많은 감사와 사랑과 응원과 격려가 담겨 있다. 여기에는 항상 묵묵히 지켜주고 사랑을 준 든든한 가족이 있었다. 그리고 나의 위대한 은인인 스승님께 다시 한번 깊이 감사드린다는 말씀 전하고 싶다. 내가 운 좋게도 재능 기부하시는 작가님을 만나 글쓰기 기술을 배워나갔다. 많이 서툴고 부족했지만, 작가님께서는 우리 모두의 항상 있는 모습 그대로를 받아주시고, 친절하게 가르쳐주셨다.

그렇게 작가님의 지도 아래서 우리 글쓰기 반 한 명 한 명의 예비 작가님들은 글쓰기 과정을 조금씩 익혀나갔다. 내가 어둠 속에서 걸려 넘어지면 작가님께서는 등잔불이 되어 주셨고, 김빠진 열정에 글쓰기 동료들이 긍정적인 에너지를 불어넣어 주기도 하였다. 그리고 건강이 안 좋으심에도 불구하고 밤낮으로 책 속의 그림과 씨름하면서, 예쁜 그림을 흔쾌히 지원해주신 안혜순선생님께 깊은 감사를 드린다.

'처음이자 마지막 인생을 후회 없이 살려면 어떻게 해야 할까'라는 고민을 여러 번 했다. 아니 '끊임없이'라고 해야겠다. 스스로 자신의 마음의 소리에 귀를 기울여보고 나를 비우고 내려놓는 과정에서 무엇부터 시작해야 하는지를.

성공의 기준이란 무엇이고, 누가 내리는 것인지 알 수 없다. 그 기준에 맞춰가야 하는지 내가 기준을 내릴 것인지. 암튼.

인생은 선택의 연속이라 하였다. 우리는 충분히 아름답고 충분히 행복할 권리가 있다. 이 세상은 나로부터 비롯되고, 모든 것은 나 자신을 아끼고 사랑하는 데서 시작됨을!